AF449713

LA MALDICIÓN ANCESTRAL

Deudas de Amor

Diagramación: Víctor Adrián de Reza Trujillo.

Coordinación editorial: Brenda Gutiérrez Mendoza.

Ilustraciones: Carlos Alberto Acosta Aroche | Plantas: jacinto, dama de noche, azucena y perejil.

Asesor de misticismo y antropología: Gerardo Topete Macías.

Ilustraciones de plantas. Richard Zela: acacia, acelga, ahuehuete, algodoncillo, avellana, canela, capulín, ceiba, cilantro, coco, durazno, encino, epazote, falsa oronja, gardenia, geranio, gordolobo, hongo, hule, lila, lino, magnolia, naranja, nepentes, orégano, petunia, piricanto, piñón, romero, sarracenia flava y sauco. | Azael Hernández: algodón, anís, bellota, cacao, cebada, cicuta, diente de león, eucalipto, girasol, helecho, jengibre„ laurel, limón, limonero, manzano, maple, naranjo, olivo, olmo, orquídea, ortiga, papiro, roble, romero, rosal, sábila, trébol, trigo y tulipán.

Umbral Editorial, s. a. de c. v.
Privada Porfirio Díaz Nº 15
Col. El Mante, c. p. 45235
Teléfonos: (01 33) 3133 3053 y 3133 3059
Zapopan, Jalisco, México
www.umbral.com.mx

Impreso en México | Printed in Mexico

Segunda edición

2018

JUAN COMPARÁN ARIAS

LEYENDAS DE QUIDEA

LA MALDICIÓN ANCESTRAL

DEUDAS DE AMOR

QUIDEA

Dedicado a todos aquellos que
le dan forma a sus sueños.

PALABRAS DEL AUTOR

Cuando era pequeño, mis padres solían dejarme en casa de mi tía Consuelo mientras iban a trabajar. Cabe señalar que la existencia de mi tía siempre osciló en los extremos; de igual manera vivió una desesperante pobreza a consecuencia de la orfandad que padeció junto con mi madre, que una opulencia desproporcionada cuando se casó con un próspero comerciante. Incluso en su vejez, fue irreverente e intrépida a fuerza de duros golpes. Aunque pensándolo bien, no fueron los impactos de la vida los que la hicieron así. Poseía la capacidad innata de reír por cualquier simpleza, de seducir con el encanto de un desenfado a prueba de desgracias. Aún recuerdo con claridad el tono de sus carcajadas mientras jugaba dominó con sus amigas y su rostro atento cuando veíamos juntos aquellas inolvidables películas del cine itinerante que se instalaba los sábados en su casa. He llegado a creer que nunca padeció de aburrimiento y que su paso por el mundo, viéndolo con la perspectiva que dan los años y su ausencia, fue una gran novela de aventuras. Quizás mí tía hubiera sido una gran escritora de no ser porque la vida no le dio tiempo para hacer otra cosa que no fuera vivir.

A su lado aprendí a imaginar sin prejuicios y a
soñar despierto en el enorme patio de aquella
casona repleta de plantas, cuyos muros
de grueso adobe no solo albergaban
aromas y rocíos de innumerables
hierbas, también eran testigos
de las interminables historias
que mi tía me contaba y que
parecían ser una rebuscada
mezcla de sus locas aven-
turas y de sus ocurren-
cias más extravagantes.
Para ella, las plantas
tenían una persona-
lidad definida como
la de cualquier ser
humano y merecían la
misma confianza y afecto
que los perros, los gatos y
las gallinas que también tenía
en su casa. Aquellas que daban
flores eran sus favoritas. Recuerdo
que consumía sus tardes hablándome
de las aguerridas petunias que, como ama-
zonas, conquistaban reinos repletos de tierra y
agua. Me entretenía contándome sobre los desamo-
res de un par de tímidas margaritas enamoradas de audaces
girasoles que no temían encarar al sol de frente. Ella misma
se emocionaba narrándome historias de mundos extraños
a donde solo viajaban soñadores dientes de león impulsa-
dos por el viento. De tanto escucharla, yo mismo comencé
a crear mis propios mundos e historias, pero a diferencia de

ella, concebí a mis personajes como seres humanos con hojas o flores brotando de sus cabezas; imaginé ancianos de tupidas barbas de trébol sentados sobre muebles hechos de tallos o ramas; a niños y mujeres con abultadas cabelleras de pétalos de orquídea jugando debajo de gigantescos robles. Fue así que empezó a germinar la civilización de los *herbos* en mi mente, desde entonces las *Leyendas de Quidea* fueron adquiriendo forma en mis sueños.

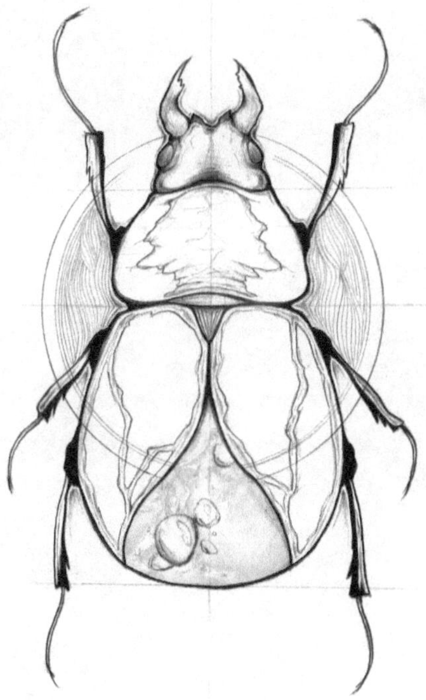

DEUDAS DE AMOR

NA LLUVIA FRÍA Y triste empapaba la noche. La Luna Negra opaca y tenebrosa, como teñida de veneno, se elevaba en el firmamento dejando una estela sin brillo de hilos de luz oscura. Con su ascenso, las drodas* se estiraban y el aire se hacía cada vez más denso en la habitación del pequeño sanatorio habitalizado* a partir de eucaliptos[1] y setas[2], mientras que de sus gruesas paredes escapaban incesantes lamentos y fugaces suspiros que se perdían por los rincones.

Una comadrona de segunda naturaleza* lila[3], de cara larga y facciones marcadas, se acercó a una atribulada pareja para entregarle una mariposa-papiro[4] que recién había llegado. Teza y Raod se angustiaron al verla desgastada y casi moribunda: la mariposa había volado con urgencia desafiando tempestades para dejar su mensaje. Presurosos abrieron sus alas y comenzaron a leer:

Amigos míos:

Como les prometí al emprender este viaje, me he
reunido con los más notables estudiosos de las
lunas y de los sueños para hablar de los sueños
de Teza y la relación de éstos con su primogénito, y me decidí a escribirles hasta tener datos
concluyentes.

Al no encontrar al Maestro Rivah me dirigí
al Templo Raíz* donde expuse ante la Sala de
los eruditos del soñar* el atípico sueño que te
ataca, Teza, desde que engendraste a tu niño y
los efectos que ha provocado en tu cuerpo. Los
sabios revisaron los pliegos de las alas negras*, en
los que se documenta los extraños sueños malditos que han sufrido los herbos a lo largo de la
historia, y, después de un minucioso análisis,
concluyeron que no sólo tú sueñas, sino también tu bebé, lo que hace de tu caso algo único.
Sin embargo, al ver que se preocupaban más por
documentarlo que por darme una solución tomé,
la determinación de ir a buscar las respuestas a
lugares inhóspitos hasta dar con los Amantes sin
Evall*, esos que dejaron el Templo Raíz y han
sido desterrados por apartarse de las normas y,
por lo mismo, innombrables.

Mi travesía no ha sido sencilla y ha sido en el antiguo poblado de Urloc, que está en el desierto de Zertha, donde he encontrado a un grupo de Amantes errantes* que siguen y observan las lunas y sus fases. Desgraciadamente, no me auguraron buenas noticias. Deben saber que, según sus cálculos, se presentará una poderosa Luna Negra y que durante su ciclo emitirá resplandores cegadores, habrá noches de tinieblas y partos infortunados.

Según sus predicciones, Teza, si tu hijo nace bajo esta luna lo más probable es que tanto tú como él mueran. Sin embargo, cabría la posibilidad de que tú sobrevivieras y sólo tu primogénito muriera. Pero si fuera al revés, él sería portador de la clase de sueños que tú padeces y los rayos de la Luna Negra podrían agravar su enfermedad hasta hacerla contagiosa; tal vez, él soñaría la muerte de otros, y éstos, a su vez, la de otros, convirtiéndose en una epidemia.

No hay duda en los hechos, algo oscuro se esconde en tu vientre, Teza. Te puedo asegurar que ni tú ni tu niño se merecen pasar por esta calamidad. Por ello hay que actuar con rapidez, así que las sanadoras deben preparar el vientre de la disolución* para...

Teza no quiso seguir leyendo las alas de aquella mariposa-papiro* y las soltó. Un escalofrío recorrió su cuerpo y un torrente de lágrimas surcó su rostro.

El insecto mensajero voló hacia las manos de la comadrona que nerviosa y frenética salió de la habitación.

Teza buscó los ojos de Raod y encontró en ellos una desolación que la remontó a aquel primer terrible sueño: la Luna Negra en lo alto con un aro de luz desplegando sombras con palpitante empeño, su vientre inflado con un dolor insoportable y una pequeña mano desgarrándolo en la oscuridad de la noche. Después de un espasmo, sentirse flotar entre palpitante savia roja* mientras que una niña de ojos negros la miraba ahogarse en el fluido y ambos cuerpos se ponían negros. Se veía morir a sí misma y a aquella extraña niña.

Teza se sobrepuso e instintivamente se llevó las manos al vientre, y sacando el valor que había estado guardando para ese momento gritó:

—¡No! ¡No puede ser así! ¡Mi hija vivirá! ¡Y yo viviré para verla crecer! ¡El Morador del Gran Árbol* no puede darnos tan cruel muerte! ¡Me rebelo a ello!

Al escucharla, Raod sintió un punzante escalofrío.

—¡Tiene que vivir! –insistió ella.

Raod le replicó con voz entrecortada pero sonora:

—Teza, yo también, pero no quiero perderte.

En tanto, la herba de segunda naturaleza lila, por ser la más anciana, dejaba en manos de dos herbas jóvenes la mariposa y les daba órdenes precisas:

—Vayan con el escarabajista*, ese que está a las afueras de la ciudad, y denle la mariposa-papiro que les estoy entregando. Él sabrá qué hacer y darles –al verlas inmóviles exclamó enojada–: ¿Qué esperan, que la luna las parta en dos? Corran y sólo den la nota al herbo indicado.

Las herbas miraron la luna y corrieron hacia el lugar señalado con recelo. Cuando llegaron se quedaron en el dintel de sauco[5] de la casa.

—Te fijaste en lo nerviosa que estaba Gambia. Estoy segura que hay algo raro con esa familia –dijo abriendo al insecto–. Mira, hasta se arrancó un pétalo para escribir urgente...

Seta [2]

Un hongo, para reproducirse, forma un cuerpo fructífero al que se le llama *seta* que es la parte visible del mismo, mientras que el hongo en sí permanece dentro de la tierra. El hongo es un organismo unicelular o pluricelular que no realiza fotosíntesis y que es heterótrofo, pues se alimenta de productos orgánicos muertos, lo cual también lo hace saprófito.

—¡No debemos leer lo que dice! –alegó la herba de naturaleza romero[6] al ver que su compañera, de naturaleza olivo[7], se inmiscuía.

—Por las Bestias nacidas en mi casa... piden que ese niño no nazca... porque es una amenaza.

—Es porque la madre está en peligro...

—¿No estás viendo la clase de luna bajo la cual nacerá? Lo dicen aquí esos herbos: ¡es una amenaza para todos nosotros!

—Shssss, habla más quedo, herba pocaluna*, que nos pueden escuchar.

En la sala del sanatorio, Raod y Teza discutían empapados en lágrimas. Ella le reclamaba desparpajando sus pétalos de su segunda naturaleza orquídea[8]:

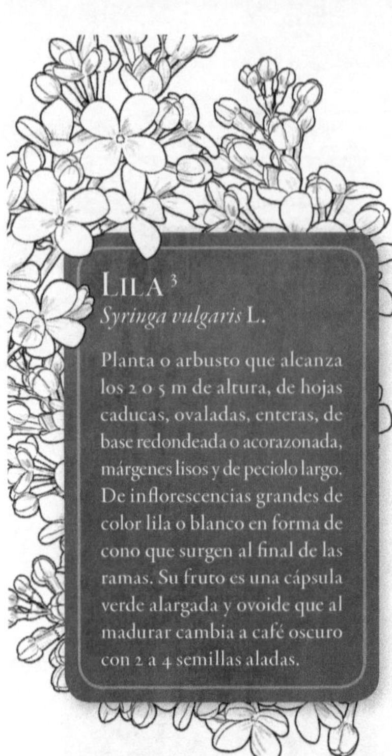

—Todavía no nace y ya la estás entregando a las garras de la oscuridad por designios que no sabemos si se cumplirán. ¡Y que estoy segura no se cumplirán!

—¿Qué acaso no entiendes? Tu vida está en riesgo. Es muy probable que mueras intoxicada por... por el sueño del bebé... por... Lo que dicen los eruditos... –el herbo guardó silencio dudando–. ¿Qué no te das cuenta de que tú sueñas con su muerte y él pequeño con la tuya? ¿Que el resplandor de esta luna hace que se intensifique esta terrible coincidencia hasta volverla una verdad innegable? ¿Qué acaso no te ves las manos? ¡Con cada droda que pasa tus venas se van ennegreciendo más! Teza, morirás junto con el niño si sigues insistiendo en que viva. Su sueño te va a matar.

—Pero el mío no será el que la mate a ella. Debe haber alguna forma de evitar esta desgracia. Mi pequeña no puede morir envenenada por mi sueño.

—Ya deja de decir que es una niña, Teza. Comprende, a mí también me duele pero no quiero perderte. Te veo mal.

Las jóvenes ayudantes de la comadrona regresaron agitadas. Sumisas le dieron el encargo. Presurosa y tensa, la lila se fue a la habitación arrastrando sus ropas con el característico olor de su profesión: el geranio[9]. Al llegar ante la mesa de patas de limonero[10], suspiró y se volvió hacia la pareja.

—Usted sabe lo que tiene que hacer –exclamó con tono áspero dirigiéndose a Raod.

El herbo de naturaleza jacinto[11] tomó el pestilente vientre de escarabajo* y lo examinó con profunda consternación. El tiempo transcurría y tenían que decidir, ya que Teza sentía cada vez más frecuentes las contracciones del parto.

—Raod, estoy segura de que es niña. Y va a nacer esta noche. No puedo evitar que sea así... pero no quiero que muera. ¡Por piedad!

Su llanto terminó por inclinar el largo rostro de Raod, quien luego de sobreponerse exclamó:

—¡Pero yo no quiero que tú mueras! –y en un arranque de rabia gritó–: ¡Qué muramos entonces los dos! ¡Los tres, juntos!

La pareja se abrazó con fuerza, como si pudieran apagar el dilema con sus cuerpos, o quemarlo con el fuego del amor que se profesaban.

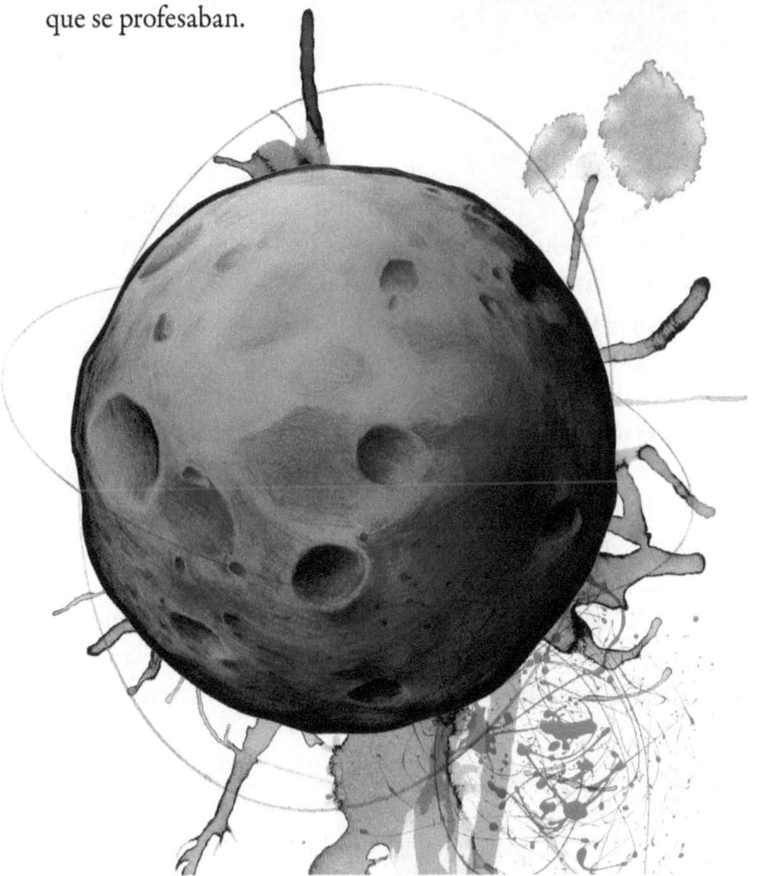

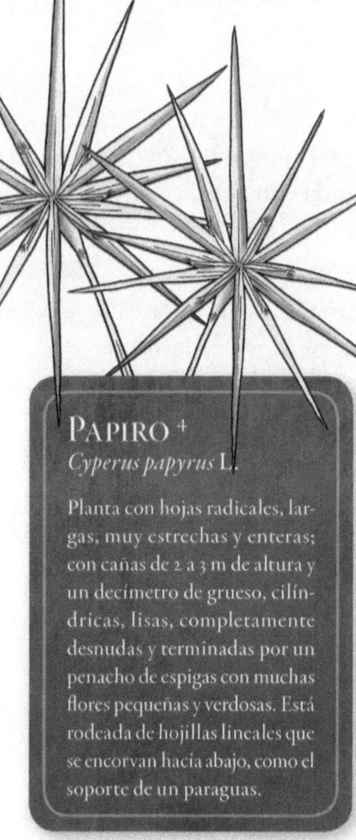

De pronto, Teza soltó un largo alarido: se acercaba el momento del parto.

La vieja lila se enfureció al ver la escena, y se acercó deliberadamente a la pareja.

—Debe hacerle ingerir el vientre de escarabajo si quiere ver a su esposa viva.

Sus ojos parecían arder y querer salirse de la pequeña cabeza de pálidos pétalos.

—Se lo repito: viva –enfatizó–, y, por supuesto, libres de la posibilidad de que ese niño nos mate con sus sueños.

—No lo haré –gritó con rabia Raod al ver el descaro con el que la herba le hablaba–. ¡Que su mal nos alcance! No lo haré. Que sus horribles sueños sean míos, de todos... ¡Es mi hijo!

La herba lila gritó y sus dos ayudantes aparecieron. Una seña fue suficiente para que sujetaran a su esposa.

Raod sólo sintió un piquete en la mano y al poco tiempo se desvaneció mientras intentaba sujetarse a Teza.

—Debemos evitar que ese niño te siga soñando. Ya lo dijeron los conocedores de las lunas: ese hijo tuyo no debe nacer o terminará por soñarnos a todos muertos. De verdad, lo siento –declaró la sanadora lila con tono áspero, seco.

—¡No se acerque! –gritó Teza llena de un amenazante celo de madre al verla levantar el vientre de escarabajo de la mesa–. ¡Raod, Raod! –clamaba, pero él sólo podía mirar impotente, desde el suelo, cómo las comadronas se le acercaban decididas a hacerle tragar el vientre de escarabajo–. ¡Por favor! ¡No se los permitas, Raod! –su mirada se mantenía fija en su esposo, quien, como estatua derruida, se desmoronaba en un inconsolable llanto de desesperación al no poder moverse.

Las herbas jóvenes la sujetaron, mientras ella oponía una resistencia feroz y se negaba con violentos giros a ingerir el extracto de hierbas contenido en ese vientre tan oscuro como el astro que dominaba la noche. Pero sus esfuerzos fueron inútiles, el vientre descendió por su tráquea con hostil fuerza empujado con gran maestría por la herba lila justo cuando la Luna Negra llegaba a lo más alto del cielo.

El sanatorio se estremeció y se llenó de desolación. Una neblina espesa cubrió el valle, la luna y el poblado. El silencio fue total.

Luego de un rato, Teza terminó con su labor de parto. Una niña frágil y pálida fue expulsada de su cuerpo. Su expresión ausente contrastaba con la simetría y la hermosura de sus facciones. Los fuertes espasmos que la sacudían anunciaban la llegada de su momento final.

—¡Es una niña! –murmuró Raod algo sobrepuesto de la parálisis a la que había sido sometido–. Es mi niña –dijo tratando de ponerse de pie.

—¡Mi niña, mi niña linda! –afirmó Teza alargando las manos con desesperación.

—Sólo sufrirás más al verla, herba –le dijo la ayudante más joven negándose a poner a la pequeña en el regazo de su madre.

—No me importa, quiero abrazarla, verla.

—Entrégasela –gritó Raod furioso y resentido por el ataque que había sufrido–. Le arrebatan el aliento y... ¿Cómo puedes llamarte sanadora si no puedes ponerte en su lugar? ¿De qué estás hecha?

La herba bajó la mirada y se acercó a la madre.

Teza recibió el pequeño cuerpo rojizo de su hija de segunda naturaleza diente de león[12], se lo llevó a su pecho y sintió la poca vitalidad que corría por él. Con ternura, lo acomodó cerca de su corazón-semilla* mientras sus pétalos de orquídea marchitada parecían también quererla abrazar.

Raod se sentó a su lado y llorando tomó aquella cabecita inmóvil. La culpa por omisión y el odio le aguijoneaban el alma, pero al ver a su niña tan cerca y tan frágil, no pudo sino regocijarse en su amor de padre.

—Mi niña, mi pequeñita.

—Mi niña, no tenías que pasar por esto –se lamentó Teza ahogada en lágrimas negras por causa de su mal–. Han sido muy injustos contigo, mi pequeña.

Raod se cubrió la boca tratando de aprisionar su desbordante pena.

—No nos dejes –le imploraba Teza acariciando su carita apagada–. ¡Tienes que vivir, hija! –le rogó la herba a su pequeña con dulzura y tristeza. Y alzando su mirada y una de sus manos gritó–: ¡Lunas, si algo tienen para mí, si algo pueden hacer esta noche, dejen vivir a mi hijita, quítenle la negrura que la cubre. Que el llanto de unos padres y mi propia vida sean la paga si es necesario...!

La criatura yacía inerte en los brazos de su madre que se negaba a dejarla ir y que estaba decidida a retener su existencia con el poder de su amor, a fuerza de caricias, atando su alma con besos.

Raod la abrazó. Pudo sentir con intensidad el dolor y la tristeza que la embargaban y la magnitud de la pérdida que los dos sufrirían. Su dolor desesperado se tradujo en un mar de besos y lágrimas que reventaba en las mejillas de su hijita y de su esposa. Teza le devolvió el abrazo para darse consuelo. Reclinó su cabeza en su pecho. En ese momento no podía ser esposa de nadie, nada más que una madre. Madre por unos instantes. La vida de la niña se iba, y ellos lloraban pensando en sus ilusiones perdidas, en los momentos felices que habían imaginado a su lado y que ahora se diluían en una neblina gris y mortecina. Se ahogaban en la añoranza de un porvenir que se extinguía a cada instante. Los dos se miraron con los ojos temblorosos y desearon intensamente que todo fuera de otra manera.

—¡Hija, sé que aún puedes escucharme! Imagina que vives, que respiras, que tu corazón-semilla brilla tal como lo quisimos nosotros antes de esta luna. Hemos esperado tanto para

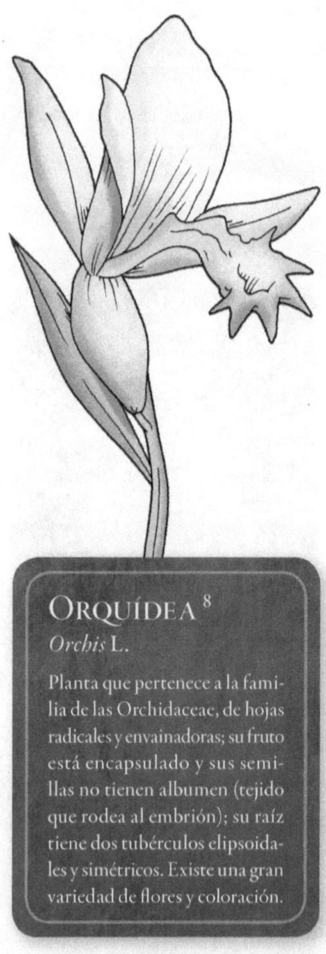

verte –suspiró sacudiendo el cuerpecito de su hijita–. No puedes irte sin habernos dado todo el cariño que te profesamos desde el día en que supimos que ya nos acompañabas en esta vida, ¡es lo justo! –le susurró llorosa al oído–. Tienes una deuda de amor con nosotros –añadió, llevándose la diminuta mano de su hija a los labios–. ¿Qué vamos a hacer con todo este amor que aún nos queda por darte?

De pronto, ambos observaron lo que creyeron era el último aliento de su pequeña: la niña apretaba el dedo de su madre con su manita derecha.

En ese instante se escuchó un relámpago justo a las afueras del sanatorio.

—¡Esto no es posible! –dijo la herba lila y se fue a asomar por una ventana seguida de sus jóvenes ayudantes–. No puede haber relámpagos en este ciclo lunar*, es imposible.

—Hija, perdóname por no haber hecho más para salvarte –Raod le hablaba a la niña con la voz quebrada.

La pequeña parecía luchar por su vida al sujetarse fuertemente del amor de sus padres y no caer en la negrura de la muerte.

Otro relámpago fracturó el cielo.

—Esto no puede estar ocurriendo –gritaban las aprendices viendo desde la ventana.

Un último relámpago más fuerte y potente que los anteriores se escuchó, sacudiendo el alma de la niña y haciéndola abrir los ojos de súbito.

Unos ojos completamente negros se quedaron fijos en los de Teza. Ambos padres se paralizaron ante esa mirada oscura que poco a poco se fue aclarando hasta volverse como la de cualquier recién nacido. Mientras la contemplaban con asombro, sus muecas tristes dieron paso a un par de sonrisas de felicidad.

Teza, extasiada, la besó en la frente. Raod abrazó a ambas y las colmó de besos y caricias, mientras sus lágrimas antes amargas brotaban ahora dulces de esperanza.

GERANIO [9]
Geranio Pelargonium domesticum L. H. Bailey.

Planta que alcanza los 75 cm de altura o más, según su especie, de tallos suculentos y erectos; hojas alternas, anchas aterciopeladas, pecioladas, de color verde pálido y onduladas en los bordes. Existen más de 250 especies de 11 géneros diferentes.

La pequeña les devolvió la sonrisa y el silencio les hizo saber que ya no había nada que pudiera separarlos.

—Esto es un prodigio –exclamó Teza con una brillante sonrisa–. Te llamarás Ilah* que en idioma antiguo significa deuda de amor.

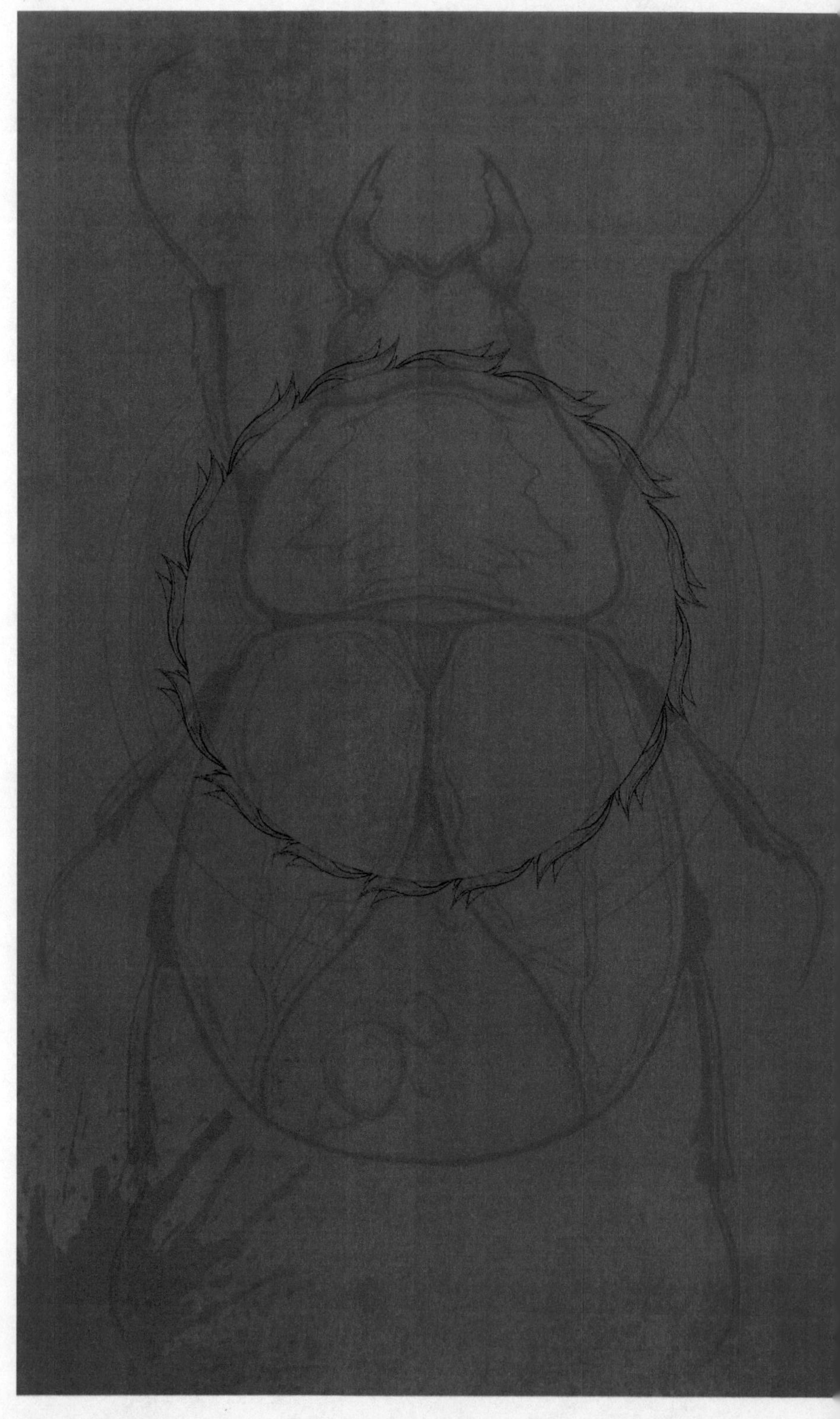

ABÍAN PASADO CATORCE LUNIOS* desde el advenimiento de aquella Luna Negra e Ilah no sólo había sobrevivido al veneno en su savia y al rechazo de su comunidad al considerarla portadora de una rara enfermedad. Se había convertido en una bella herba de piel clara y ojos tristes como dos estrellas solitarias. Y aunque las habladurías sobre su nacimiento la habían marcado acentuando su carácter introvertido y melancólico producto de la influencia de la Luna Negra, estaba dotada de inteligencia y sensibilidad.

Ilah solía observar todo: las discusiones en los mercados, la alegría de los niños cuando jugaban, los cariños de sus padres y el apoyo que se profesaban ante su enfermedad, la lealtad y la enemistad entre los amigos, la riqueza en el humilde y la pobreza en el líder. Su sensibilidad le permitía ver lo que otros no. La mayor parte del tiempo prefería estar a solas para sumergirse en sus diálogos internos; se pasaba el día leyendo alas de mariposas de la insectoteca* de los relatores en busca de respuestas a sus innumerables cuestionamientos, y no descansaba hasta creer encontrarlas, sólo así lograba convencerse de que la vida no era tan sombría. Tal vez por eso aborrecía los tumultos y las conversaciones triviales y no socializaba con los herbos de su edad.

Por las noches, cuando frenaba sus cavilaciones, se iba a la cama con la efímera serenidad de un guerrero sabiendo que vivía en un lugar hostil y que al despertar tenía que estar preparada para cualquier cosa. Sin embargo, cuando cerraba los ojos, la agobiaba un hueco inabarcable en su corazón-semilla. Entonces, se levantaba con la intención de buscar algo que la llenara. Había concluido que un pedazo de sí le faltaba, como si hubiera nacido incompleta y estuviera destinada a buscar por doquier aquello indefinible que le pertenecía y que no sabía cuándo ni cómo había perdido.

También había concluido que los sucesos de su nacimiento le habían hecho daño, porque aunque el veneno no la había matado y había logrado sobrevivir, sí había conseguido enfermar su alma con ese vacío. Sin más, solía hundirse en profundas tristezas sin que nada pudiera llamar su atención. Sus padres, Teza y Raod, se esmeraban por integrarla a la vida compartiéndole su amor y dedicación y solían sacarla a pasear para recorrer los alrededores del pueblo.

Un día en que Ilah amaneció muy triste y desanimada, temiendo que su amada diente de león se marchitara por completo, sus padres la llevaron a una velada conocida por los aldeanos como La gran noche de los relatos*: evento que se realizaba en el valle de Necta, en el que los herbos solían acampar para escuchar leyendas y viejas historias de boca de relatores, aventureros y nómadas que acostumbraban reunirse cada que comenzaba el ciclo de una luna.

Teza y Raod sabían que entre esos relatores encontrarían a Tiyok, quien regresaba de una larga travesía por las tierras de Zertha. Y aunque habían estado demasiado molestos con él por el terrible designio, se habían alegrado ante la falla de su pronóstico cuando Ilah sobrevivió. Y más cuando lo sueños no se presentaron. Con el tiempo lo habían perdonado porque habían comprendido que él se había esforzado en buscar soluciones; también habían comprendido que las circunstancias del alumbramiento de su hija habían sido *únicas* hasta esas lunas. Así que lo esperaban con la esperanza de que el viejo manzano[13] y sus relatos ayudaran en algo a cambiarle el semblante a su pequeña herba.

En cuanto estuvieron prendidas las fogatas de los caminos, todo estuvo listo en el fresco valle de Necta, y cientos de herbos de diversas naturalezas se reunieron alrededor de los más aclamados y populares relatores.

Los herbos atendían a la emoción del evento, sin embargo, no faltaban las miradas hostiles hacia Ilah, y aunque rápidamente eran ocultadas por el movimiento de otros herbos ajenos a las habladurías que se cernían sobre la familia, Ilah se sentía intimidada.

DIENTE DE LEÓN [12]
Taraxacum F. H. Wigg.

Planta anual con raíz primaria y roseta basal que no suele sobrepasar los 50 cm. Tiene hojas alternas en forma triangular con márgenes dentados y agudos.

—Ilah, las miradas no dañan –aseveró Teza–. Sabes que puedo sentir tu angustia. Pero no debes temer. Estamos contigo.

—Quiero irme de aquí –respondió quedamente Ilah apretando las manos de Raod y de Teza.

—Calma hija, estos herbos han venido para escuchar a los relatores, igual que nosotros. No nos pondrán mayor atención. Además, quiero que conozcas al más especial de todos, al menos para mí y yo creo que para ti también. Es un viejo amigo de quien estoy seguro vas a aprender bastante.

Un cuerno sonó y las segundas naturalezas de los herbos parecieron crisparse. Instantes después los asistentes eran estatuas de mármol esperando con gran curiosidad.

Uno tras otro, distintos relatores se fueron turnando para contar diferentes leyendas haciendo derroche de teatralidad y dotes de oratoria. Ilah y sus padres permanecían en silencio a la espera de las historias que Tiyok les traería de tan lejanas tierras.

Cuando llegó su turno la expectación fue mayor. Ilah vio aparecer en escena a un viejo y cansado manzano delgado y alargado, de grueso ramaje y flores pálidas, pero de inminente dureza y fortaleza. El manzano inició sus relatos con uno antiguo y poco contado: "Urloc, el guardián de Zertha".

—Hoy, estimada audiencia, no les traigo una historia nueva, ni de esas jocosas que tantos pétalos arrancan a los de cáscara seca* como yo, ni les narraré aquellas que arrancan suspiros y sueños a los más frescos corazones-semillas. La historia que les traigo ha sido olvidada, tal vez por lo sencilla que es, tal vez porque…

Comencemos.

Hace ya muchas lunas una numerosa caravana se perdió en el desierto de Zertha. Sus diez carros cargados con sus pasajeros habían esperado a que las lunas volvieran a verse y a que la intensa tormenta de arena amainara. En un principio permanecieron detenidos pues contaban con bastantes provisiones, pero éstas comenzaron a agotarse y el Dazh*, también. Los mantenía con vida la idea de que no había tormenta de arena que no se

MANZANO [13]
Malus Mill.

Árbol de tronco generalmente tortuoso, copa ancha, poco regular, redondeada, de 6 a 10 m de altura, con ramas de corteza rugosa y negruzca. Sus hojas son ovales y tienen una longitud de 4 a 5 cm. Su fruto es la manzana.

detuviera, sin embargo, ésta no lo hacía. Desesperados, los herbos de la comitiva comenzaron a discutir sobre lo que estaba sucediendo y descubrieron que uno de ellos había robado de un lugar sagrado una extraña y desgastada estatuilla hecha de raíz del Gran Árbol* en forma de herbo y cuya segunda naturaleza era incierta. El portador de ésta pensaba en venderla en muchos cacaos[14] dorados*. A todos les brillaron los ojos al pensar en el botín. A todos menos a uno; al que sólo le importaba regresar, al que quería volver a ver las lunas en el cielo y que el viento lo acariciara sin lastimarlo. Abatido, aquel herbo salió de la tienda y la voraz arena se metió en sus ojos y nariz. Fue ahí que escuchó el llamado del viento: "Devuélvanmela". Corriendo regresó con los suyos, pero no le creyeron. La ambición se transforma en obstinación y sus

compañeros decidieron ponerse en marcha. Forzaron a los animales de carga a avanzar sin rumbo y dejaron al herbo a su suerte, luego de que éste se rebelara.

Solo y sin techo dónde guarecerse, el herbo se tapó la cabeza con su túnica y se sentó a esperar que el Morador del Gran Árbol tuviera compasión de él. No había pasado mucho tiempo cuando el viento lo llamó. El herbo se irguió y, no muy lejos de él, vio un resplandor en la arena. Arrastrándose llegó hasta el sitio sujetando con fuerza la estatuilla que poco antes de partir le había sustraído al jefe de la comitiva con la intención de regresarla, de entregársela al viento. En el lugar del resplandor se encontró con una piedra en forma de pico y, sin más que perder, se puso a escarbar hasta descubrir que era la punta de algo más grande, tal vez una roca inmensa. El herbo sintió que recobraba las fuerzas y que su ánimo se acrecentaba al seguir escarbando. Repentinamente un remolino surgió del pico de la piedra barriendo la arena circundante. El pobre herbo imploraba mientras se tapaba la cabeza con su manto de hojas de laurel[15]. El remolino creció y creció. El herbo creyó que el viento lo arrastraría y se aferró aún más a la estatuilla dos veces robada. Cuando el silencio se hizo, se creyó muerto, enterrado vivo, pero no fue así. El remolino seguía y él permanecía en el centro junto a una gran roca, ahora descubierta. Al verla con detenimiento a la luz del sol, se dio cuenta de que en realidad era una estatua, una parecida a la que tenía en su mano sólo que mejor definida. No muy lejos de él, en el centro del pecho vio una puerta. El torbellino contenía la tormenta de arena, que por instantes amenazaba con atravesarlo, así que sin dudarlo corrió hacia la puerta para refugiarse sin poner atención a los detalles de la piedra labrada. Ya en el interior encontró comida y Dazh. Su hambre era tanta que se atragantó; comió y bebió hasta que no pudo más. Cuando despertó, los rayos de la Luna Azul le lamían las manos. Se levantó. Lo que vio lo asombró sobremanera: desde lo alto contempló la inmensidad del desierto y sus enormes dunas sin fin. La tormenta había terminado. La puerta había desaparecido, así como la estatuilla. Lentamente descendió por una escalera esculpida en forma de tallo con hojas que rodeaba la estatua desde la cabeza hasta los pies. Una vez abajo, la observó con detenimiento y se dio cuenta que tenía forma de herbo con dos segundas naturalezas: orquídea y ortiga[16], y que en su frente tenía esculpidas unas palabras: Urloc, guardián de Zertha. El herbo levantó las manos y dijo: "Gracias Urloc, señor de la esperanza de los perdidos, de la luz en el camino, de las dos naturalezas que tienen las cosas". Se volvió y la Luna Azul guio sus pasos al pueblo de Zertha, y llegó en paz. Del resto de la comitiva nada se supo. El desierto se los tragó.

La audiencia se había quedado en silencio, con un escalofrío en sus pétalos y hojas. Todos sabían lo terribles que podían llegar a ser las tormentas del desierto. Cada lunio se perdía alguna caravana o aparecían los restos de otra, tiempo atrás desaparecida. Tal vez fuera lo cercano a la realidad lo que hiciera que se olvidara el relato, pues nadie sabía de la existencia de Urloc.

Algo extasiado con el silencio, el viejo manzano preguntó a la audiencia sobre las enseñanzas del relato. A Ilah le brillaron los ojos, y dejando atrás su ensimismamiento respondió:

—Eh... puede... ¿podría ser que en esos momentos en los que estamos en problemas, si tenemos fe, siempre habrá alguien que nos ayude?

—Por supuesto, jovencita –aseveró de forma corta el manzano y si dirigió a la audiencia–. Recuerden amigos: son los hechos inesperados los que cambian la vida y, por lo general, los que le dan sentido. Nos quitan o dan la fe en el porvenir. No lo olviden... ¿Alguien de ustedes recuerda el cuento de "No más comadre comadreja"?

La audiencia estalló en gritos de júbilo, era uno de los cuentos más jocosos del relator.

—Papá, ¿las caravanas suelen encontrarse con Urloc? –preguntó Ilah sin escuchar al viejo relator y la algarabía de su alrededor.

—Mmm... Hasta el momento, ningún otro viajero se ha topado con su estatua —aseguró—. Es sólo un relato que... que tenía muchísimo que no contaba Tiyok, y que además, él es el único que lo narra.

Tiyok fue el último relator de la noche. Cuando éste se despidió, la familia de Ilah se abrió paso entre la multitud con dificultades para llegar hasta donde él se encontraba. El viejo manzano los reconoció y se acercó gustoso a saludar a quienes había aconsejado en innumerables ocasiones.

—¿A quién nos han traído hoy las lunas más bellas de Hérbatra? —preguntó el relator al ver a Ilah detrás de sus padres.

—Ella es Ilah —contestó Raod mientras la tomaba de los hombros y la colocaba al frente.

Tiyok le sonrió y se le quedó viendo con detenimiento pues algo notó en ella.

—¡Oh, la pequeña Ilah! Te veo y sé exactamente cómo te sientes amiga: te sientes abrumada, ¿no es así? El mundo te parece sombrío, vacío y nada de lo que te rodea parece ser suficiente.

Ilah permaneció en silencio y sus ojos parecieron apagarse.

"La oscuridad aún te rodea", se dijo el manzano debajo de su silenciosa sonrisa y desvió su mirada para posarla en Teza. "Sigo pensando que aferrarte a la vida fue un gran acierto, pero... puedo sentir el peligro que te acecha. Mi misión aún no comienza".

—Pequeña, vienen para ti nuevos rayos de luna –dijo el manzano regresando la mirada a la diente de león y acercándose mientras arrastraba su larga túnica de hojas otoñales de laurel cuidadosamente tejidas. Con parsimonia puso su mano derecha sobre sus rebeldes filamentos de diente de león–. Mira a tu alrededor. Como puedes ver, aquí hay muchos relatores, y casi todos buscan divertir a la muchedumbre, pero debes saber Ilah que yo busco algo diferente. Mi misión no sólo consiste en contar leyendas y relatos, ni en hacer reír a la audiencia o en llevarles un momento ameno a sus vidas. No, no, mi misión es provocar en quienes me escuchan el deseo de convertirse en protagonistas conscientes de sus propias historias. Sé que me entiendes.

Ilah sonrió y el viento le removió una docena de filamentos de su cabeza. Sus padres se alegraron al ver el cambio en su expresión.

—Las respuestas que requiere tu corazón-semilla vienen en camino… –aseveró Tiyok disfrazando su preocupación con una risa cómplice, mientras añadía–: en el vientre de tu madre.

Raod y Teza intercambiaron miradas de sorpresa.

—Desde hace lunios hemos buscado otro hijo sin que éste llegue. ¿Estás seguro?

—No soy yo. Son las lunas las que lo dicen –afirmó el relator–. El tiempo se acerca y tú, Teza, serás madre de nueva cuenta, y de un varón, me atrevo a asegurar.

Teza se ruborizó.

—¿Cómo puedes estar seguro de eso? –lo cuestionó Ilah.

—Para eso hay que aprender a leer la reflexión de los rayos de algunas lunas y hacer cálculos… –viendo la incredulidad de la herba continuó–: Hace ya innumerables lunas tuve que salir a buscar a los eruditos de las lunas* y los conocimientos del Amante observador de los astros*, ellos me enseñaron a leer los reflejos de los rayos de las lunas en la segunda naturaleza de las herbas…

—Tenía la sospecha, pero ahora… –Teza abrazó y besó a su marido efusivamente; la felicidad no le cabía en el pecho.

—¡Qué gusto! –exclamó Raod explotando de alegría.

Una efusiva sonrisa brotó de los labios de Ilah: "Un hermano. Tendré un hermano".

FALSA ORONJA [18]
Amanita muscaria.

Seta cuyo sombrero va de la forma globosa a plana al madurar y que mide entre 10 y 25 cm. Es de color rojo con puntos blancos algodonosos que se vuelven amarillentos. Sus láminas son blancas y anchas. Su pie blanco y cilíndrico alcanza los 12 o 20 cm de largo por 1 o 3 de ancho. Su carne es blanca y tóxica.

—Quiero sugerirles un nombre, ya saben que soy herbo de palabras y lunas.

Teza asintió conmovida.

—Les sugiero: Xaih.

—Nunca había escuchado ese nombre –dijo Raod–. ¿Es para herbo o herba y... qué significa?

La misma Teza, que había elegido el nombre de su hija con gran esmero, y que sabía sobre el origen y significado de las palabras, no lograba recordarlo.

—Si mis cálculos no me fallan, será un herbo. Y no creo que tu memoria lo encuentre, Teza, ya que es una palabra que denota poder y que los sanadores pronunciaban en momentos en los que no sabían cómo actuar. Por desgracia, hasta el tiempo la ha olvidado. Pero es sólo una sugerencia.

—¡A mí me gusta! –exclamó Ilah con seguridad.

—A mí también –dijo Teza sonriéndole a su hija.

—¿Pues qué les digo si a ambas les gusta? –dijo Raod–. Yo me uno.

Tiyok seguía ocultando su preocupación detrás de su afable sonrisa. Ya que desde que Teza enfermó no había dejado de reunirse con un sinnúmero de especialistas en lunas y sueños. Tenía la certeza de que esa familia no estaba a salvo de aquellos sueños.

—Ilah: tú has sido una gran sorpresa y revelación, fuiste una guerrera aún antes de nacer –dijo sonriendo Tiyok–, tal vez también tu hermano lo sea.

Ilah guardó en su corazón-semilla esas palabras y se hundió en sus pensamientos.

—No temas pequeña, que el amor lo cura todo –le dio una palmada el relator.

Unos gritos interrumpieron el momento.

—¡Vengan, vengan a probar nuestros patos-naranja[17]!

—¡Qué esperamos! Vayamos a probarlos –dijo entusiasmado Tiyok–. Un relator no come palabras solamente.

Raod y Teza se quedaron un momento abrazados saboreando su noticia, mientras que Tiyok, hambriento, se encaminó raudo a probar los patos-naranja. Ilah lo alcanzó y se atrevió a preguntar:

—Tiyok, ¿fuiste tú quien conoció a Urloc?

—Ilah, eso fue hace muchas lunas.

—Sí, pero tú tienes demasiadas.

—Por supuesto, había olvidado que tengo muchas, pero no se lo digas a nadie.

Ilah sonrió mientras observaba al relator seguir el camino de su olfato, después, más animada, lo siguió como si él fuera el resplandor de una estatua enterrada.

UNA HISTORIA
SE COCINA:

MOUD
EL APRENDIZ DE
COCINERO

EL VIEJO SENDERO DE piedra que llevaba al Valle de los relatos estaba iluminado con decenas de falsas oronjas[18] y pequeñas fogatas a lo largo del recorrido. La urgencia había hecho que el viejo relator arreciara el paso e Ilah lo imitara. Ambos habían emprendido una competencia por llegar primero hacia aquella tienda que despedía el seductor aroma.

El pato-naranja era un platillo difícil de preparar en Necta. Quien quería ostentar el título de cocinero debía preparar un pato-naranja impecable. El primer obstáculo a vencer era capturar al animal que, aunque pequeño, tenía algo de malévolo, ya que dejaba que sus perseguidores se confiaran y al primer aletazo la parvada se les iba encima picoteándolos y persiguiéndolos docenas de colas de lagarto. Por ser un animal considerado despiadado, solían cazarlo de noche cuando la peligrosidad de los rayos de las lunas comenzaba, siendo esto el segundo gran reto, ya que agarrarlos era muy fácil, pues se comportaban como gatitos-algodoncillo[19], tranquilos y mansos. El tercer y último reto era cocinarlo, ya que de dejar los patos-naranja sin zarandear dos veces en el fuego preciso (lo cual era un secreto) en un horno de piedra y con los condimentos correctamente dosificados para dejar que

sus jugos hicieran el resto, haría que su sabor se tornara agrio, incluso más que del pato-limón[20], algo no grato de comer para los herbos de esta tierra acostumbrados a comer sólo sabores salados.

—¡Se me abrió un apetito voraz! –dijo Tiyok tratando de calmar con sus manos los rugidos de su estómago– Busquemos lugar.

—¡Tú también necesitas nutrirte! –exclamó el padre de Ilah mientras miraba el vientre de su esposa con una sonrisa que no le cabía en el rostro.

En tanto, a Ilah le llamó la atención aquel chico que estaba invitando a degustar su exquisito platillo y no pudo evitar pensar: "Tan joven y ya cocina patos-naranja. Ha de ser un excelente cocinero".

—Ese herbo debe de tener mucho valor para anunciar tan atrevida empresa sólo digna de grandes cocineros –aseveró Tiyok.

—Vaya, por lo que veo, todos queremos probar los patos-naranja de la misma tienda, incluso tú, Ilah –le gritó Raod mientras trataba de acomodarse los pétalos de jacinto que se desperdigaban de su cabeza por la carrera de alcanzarla.

Ilah asintió en silencio sin detenerse.

—Hoy habrá concurso de cocineros. Así que prepararán los más exóticos manjares de la región de Necta –puntualizó el relator, encaminando sus pasos hacia la dirección de donde provenían los aromas que perturbaban su estómago y el de Ilah.

—Comprendo el mensaje, pero ¿no podrías de vez en cuando hablar y decir: sí, papá? –le sugirió su padre un poco agitado por el esfuerzo.

—Raod, ya sabes cómo es nuestra hija –intervino Teza dándole alcance y abrigándose con un saquito azul de lana de oveja-algodón[21]–. Ahorra las palabras como si fueran cacaos dorados.

—¡Sólo le pido unas palabras cálidas de vez en cuando! –exclamó Raod, y abrazó a su esposa, y juntos a paso ligero se dirigieron a la tienda elegida por Ilah.

—Entiendo que Tiyok tenga hambre, pero ¿Ilah?, ella apenas come –se cuestionó el herbo jacinto, mientras miraba con extrañeza a su esposa.

—Tal vez se interesó en algo más que el pato-naranja –le sugirió Teza.

—¿De qué hablas?

—Tengo una sospecha.

Pronto, Ilah y Tiyok arribaron a la puerta de la tienda donde instantes antes el joven herbo voceaba. El sitio estaba repleto, así que tardaron en dar con lugares disponibles. A Ilah le sorprendió lo amplio del campamento y su decoración: contaba con un sinnúmero de cojines y pieles de animales raros como el ciervo-avellana[22] o el toro-capulín[23]. En el centro, un agradable fuego rodeado de troncos mitigaba el frío de la noche. El aroma que despedían los patos-naranja sazonados con especias y los vegetales frescos impregnaba cada rincón de la carpa. En una esquina,

cinco forasteros robustos de naturaleza maple[24] de grandes ojos azules
acompañaban a una delgada chica de
pétalos de azucena[25] mientras todos
comían con tranquilidad y desenfado. A su lado, un tipo de naturaleza trigo[26] que carecía de una oreja
como resultado de un terrible acci-
dente al cuidar gansos-sarracenia[27],
según contaba, aguardaba impaciente
la llegada de su plato mirando al
cocinero con franco enfado.

Del otro lado de la tienda, un
par de chicos de naturaleza jengibre[28] devoraba con pocos modales
y sin piedad las pechugas de cuatro
jugosos patos-naranja y bebían agua
de cebada[29] fermentada adicionada
con abundante Dazh.

Platos repletos de carne iban y venían, llevados de las manos
del chico que había estado voceando y que sin descanso iba
de un lado a otro. Los comensales charlaban y sus carcajadas
llenaban el ambiente de una alegría vivaz y contagiosa.

Poco antes de alcanzar la tienda, un dolor, intenso y punzante, como la picadura de una abeja-girasol[30], se clavó en el
pecho de Teza.

—¿Qué te sucede? –Raod la tomó de los hombros para
sostenerla.

Ella se tapó la boca con las manos para ahogar un grito.
Raod la condujo hasta una piedra cercana al camino para que
se sentara. Una ardilla-maple que la penumbra ocultaba saltó
exaltada al sentir que iba a ser aplastada.

Una mirada de horror se apoderó de Raod.

—No son náuseas por el embarazo, es algo más –aseveró Teza–. Creo que algo le ocurre al bebé...

Mientras Raod y Teza sentían que se les achicaba su corazón-semilla, dentro de la tienda los malos humores iban en aumento.

—¡Date prisa, Moud! No tardan en llegar los jueces –gritó un herbo desde la cocina– ¡Moud! ¿Qué te dije? Ese pato agrio sigue en la mesa. Ya te dije que lo retiraras. Coloca en su lugar los que ya están listos y suculentos y que dispusimos para ellos. ¡Tenemos que ganar esta vez!

—Ya te escuché, ¿acaso me vez sentado? Ya los puse en su lugar. Sólo...

Los gritos surgían por doquier, y el joven herbo de segunda naturaleza café[31], de abundantes pecas

y ojos apagados, debía tomar el pedido de los recién llegados que seducidos por el aroma y con sus bocas segregando saliva tibia a raudales, ya se habían olvidado de que no estaban solos.

—¡Quiero una gran ración de pato! –espetó Tiyok.

El cafeto se quedó paralizado frente a Tiyok pero observando a Ilah, como quien ve un atardecer de nubes rosadas y viento suave; sin duda, esperaba de ella algo más que su pedido. Por lo general, se esforzaba por atender la creciente cantidad de órdenes de los comensales y salir a vocear el negocio sin perder la concentración. Pero esta vez había sido diferente:

una retahíla de reclamos no se hizo esperar ante su pasmo.

—¡Muchacho, trae esos malditos patos ahora mismo!

—¡Qué te pasa! ¿Acaso nunca habías visto una herba?

—¡Lo que me faltaba! –dijo el herbo trigo que se retorcía del hambre.

La joven diente de león, a su corta edad, comenzaba a irradiar una belleza que el pobre Moud de quince lunios no pudo resistir.

—¡Maldita sea! ¿Vas a atendernos? –el herbo trigo se levantó furioso de su lugar.

Al joven cafeto poco le importaron los reclamos y procedió a presentarse ante Ilah:

—Mi nombre es Moud, hijo de Dentt y elegido de mi buen amigo Rodha, el de allá, el cocinero, que es el mejor de estas tierras. Y... ¿Y tú, cómo te llamas?, digo, ¿qué vas a pedir?

—Yo ya te dije que quiero una gran ración de tu famoso pato-naranja –se adelantó a hablar divertido el viejo manzano.

Moud ignoró involuntariamente a Tiyok y se quedó esperando la respuesta de Ilah.

—Moud, ¿qué te sucede? –gritó Rodha, el joven cocinero de segunda naturaleza perejil[32] con sus manos sujetando dos cacerolas llenas de muslos y pechugas– ¡Los jueces no tardan. ¡Cuántas veces tengo que decirte que solo quiero que nuestro mejor pato esté en esa mesa para ellos! ¡Ahora, Moud!

—¡Ya voy, Rodha! Sólo estoy esperando a que ella me diga su nombre, perdón su orden.

—Todos ordenan pato-naranja, ¡lunas fritas*! ¡No cocinamos otra cosa esta noche! Sólo pregúntale qué parte quiere. No creo que se quiera comer uno entero.

—¿Y? –Moud preguntó sin despegar los ojos de Ilah.

De pronto, el sonido constante de un batido de alas irrumpió en la tienda y con él un aire inquieto, como el de un pequeño torbellino, que apenas onduló las pieles que cubrían el lugar; se trataba de una enorme libélula azul repleta de alas de papiro que presurosa se posó en el hombro de Moud.

Ilah siguió la trayectoria del insecto pero no dijo ni media palabra, tan sólo lo miró en silencio con la expresión de quien guarda un secreto.

—Está libélula contiene la historia de mi vida, ¿sabes? –dijo el cafeto como si se confesara y acarició al insecto, que se sacudía el polvo de sus patas y mostraba con su movimiento caracteres formados en secuencias descuidadas y con tachaduras.

En medio del bullicio y sin que nadie lo notara, dos herbos regordetes, uno de segunda naturaleza cilantro[33] y otro, toronjil[34], se colaron a la tienda y se pusieron al lado de Moud esperando a que les indicara dónde sentarse.

—¿Por qué no le dices tu nombre? –intervino Tiyok tomándola de un hombro.

—¡Sí, dilo ya, por todas las lunas! –los comensales se habían puesto de pie y tomaban el asunto a juego ante la mirada molesta de Rodha, el cocinero, y del herbo trigo, quien no dejaba de saborear sus alimentos desde lejos lleno de enojo.

La diente de león estaba a punto de pronunciar su nombre cuando un grito la interrumpió:

—¡Debemos irnos!

—¿Qué sucede? –exclamó Tiyok, girando su cabeza.

—¡Es Teza! –respondió Raod con urgencia– ¡Es el niño!

Moud se aproximó a Ilah y el relator.

—Llévense esta comida, es... es un regalo –dijo con una sonrisa petrificada mientras les ofrecía una de las cacerolas de la mesa. Los herbos regordetes, al ver que Moud ni siquiera se percataba de su existencia tomaron la cacerola que estaba al lado y se dispusieron a probar su contenido.

Tiyok ni siquiera se percató del obsequio pues salió tras de Raod. Su estómago tendría que esperar, no sería la primera vez.

Ilah extendió las manos para recibir el plato de comida y tras dar las gracias con la cabeza se dio la vuelta en busca de sus padres.

—Es nuestro mejor pato –acertó a decir el cafeto como si estuviera en un trance cuando la vio partir–. Tenemos suficiente pato para todos.

—¡Es una hermosa libélula! –alcanzó Ilah a decirle.

Moud sintió que el corazón-semilla se le salía del pecho de la emoción.

—¿De verdad? –se sorprendió Moud. Su inquieto insecto batió de nuevo sus alas y salió de la tienda para explorar la noche.

—¡Este pato-naranja sabe a leche de burra-limón! –se quejó uno de los herbos regordetes, el de naturaleza cilantro, pero Moud ni lo escuchó.

—Te veré pronto –afirmó Ilah.

Moud se quedó boquiabierto.

—Bueno, aquí no hay nada que hacer; han sido eliminados de la competencia –declaró irritado el herbo toronjil.

Rodha se apretó las sienes.

—¡Nooo, esa comida no era para ustedes! –se lamentó al ver la cara amarga de los jueces–. Moud, ¡te dije que quitaras la cacerola con el plato agrio!

El cafeto tampoco escuchó a su amigo pues estaba absorto.

—¡Me debes tu nombre! –le gritó Moud a la diente de león, viendo cómo se alejaba entre las fogatas y las falsas oronjas rápidamente.

—Mi nombre es una deuda –gritó Ilah con seriedad al ver que su madre se tambaleaba. Intuía que la llegada de su hermano no sería un suceso normal. "Una deuda de amor", murmuró para sí. Y corrió tratando de alcanzar a Tiyok y de no tirar la cacerola con el pato-naranja.

MALES DE SUEÑOS

EZA ESCUCHABA UNA VOZ que no sabía de dónde provenía. Su mente le decía que era extraña y lejana; su corazón-semilla, que era familiar e interna: de su vientre. Sin embargo, aunque ponía su atención en ella no podía entenderla.

—¿Qué tienes mamá? –le preguntó Ilah preocupada cuando la alcanzó dejando en el piso el regalo de Moud.

—Me duele el pecho –contestó Teza con voz débil y sin fuerzas.

Su cuerpo se desvaneció de nuevo.

Raod y Tiyok se apresuraron para detener su caída.

—Acérquenle Dazh –ordenó Ilah–. Tiene un sueño maldito...

—No lo creo, Ilah. La gran mayoría de los sueños malditos ocurren de día –afirmó Tiyok acercando a los labios de la herba un cuenco con Dazh, que había sido herbalizado* a partir de un coco[35] de las lejanas playas Olas Altas*.

Raod y el manzano trasladaron a Teza junto a un roble[36] de verde follaje alejándola de la piedra donde se encontraba y de la mirada indiscreta de los transeúntes curiosos de novedades ajenas.

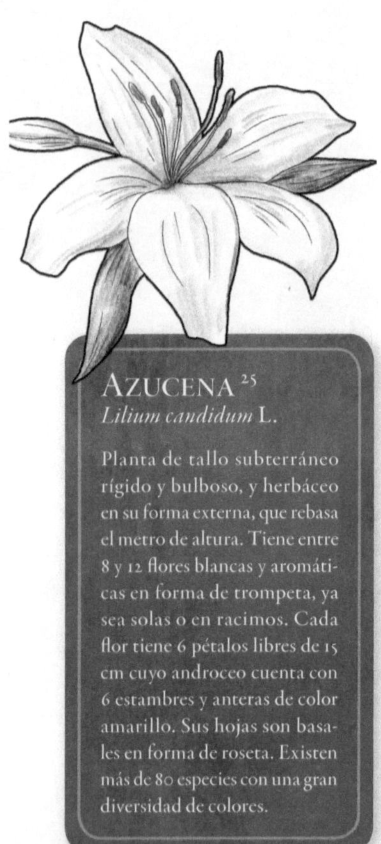

AZUCENA [25]
Lilium candidum L.

Planta de tallo subterráneo rígido y bulboso, y herbáceo en su forma externa, que rebasa el metro de altura. Tiene entre 8 y 12 flores blancas y aromáticas en forma de trompeta, ya sea solas o en racimos. Cada flor tiene 6 pétalos libres de 15 cm cuyo androceo cuenta con 6 estambres y anteras de color amarillo. Sus hojas son basales en forma de roseta. Existen más de 80 especies con una gran diversidad de colores.

—Tiyok, ¿qué le sucede a mi mamá? –preguntó consternada la diente de león.

—¿Le está sucediendo lo mismo que cuando nació Ilah? Tiyok dime que no es posible. No otra vez –Raod intervino llevándose las manos a sus pálidos pétalos de jacinto.

El manzano trató de minimizar la situación.

—Ha sido un desmayo. Estará bien. Sólo debemos dejarla descansar un poco.

—Sabes que no es cierto, Tiyok –intervino Ilah, dejando asombrado a su padre que la miró fijamente, pues ella nunca discutía–. A mamá le sucede algo. ¿Qué puedo hacer por ella?

Tiyok guardó silencio.

—No es el momento para preguntar, Ilah –la reprendió Raod.

—Mi madre ofreció su vida para que yo naciera y yo con gusto le daría la mía –aseveró Ilah con los ojos enrojecidos.

Raod la abrazó fuerte, a él también le brotaban las lágrimas.

—No es tan simple. Tu madre ha estado enferma desde antes de que nacieras.

Una voz débil, como el susurro de un secreto intervino:

—Ambas estábamos muy enfermas –era Teza que despertaba–. Pero tú te sobrepusiste y lograste nacer. Él me lo dijo.

Tiyok se apresuró a indagar:

—Teza, dime: ¿escuchaste la voz del pequeño?, ¿de tu bebé?

Teza miró a todos y sin poder contener el llanto le respondió:

—Sí. No sé cómo, pero esché eso y después me dijo: "Mamá, ve a tu interior y mira". Y vi... Vi muchas cosas.

—Teza dime que viste antes de que lo olvides. Es de suma importancia que recuperes todos los detalles.

Tiyok fue imperativo y Teza se limpió las lágrimas para continuar.

—Yo... yo era otra persona, un herbo tulipán[37] en un tiempo antiguo. Había otros reinos. Me vi habitando en una fortaleza, en lo alto de una montaña. Desde una ventana, contemplé alineadas formaciones de soldados en la planicie que empuñaban diversas y singulares insectos-arma*, cientos, miles de ellos. Iban a la guerra. Me vi perteneciendo al grupo de consejeros de una casa real. Temíamos que nuestros antiguos aliados nos arrebataran el conocimiento que nos protegería de la repentina devastación. Me vi como parte de los custodios de ese conocimiento que tanto ansiaban nuestros antiguos aliados para salvarse del mal que teñiría los cielos y acabaría con todas las cosas tal cual eran. Pero nuestro rey y nosotros teníamos que ocultar ese secreto de quienes no eran dignos, por el bien de todos. La Luna Roja estaba por surcar los cielos y llevarse nuestros amaneceres.

—¿Qué más Teza? ¿Qué más viste? –la apresuró Tiyok.

—¡Luces rojas como la savia roja manchando el cielo! –la herba comenzó a derramar lágrimas– ¡Eran espantosamente bellas! ¡Aterradoras!

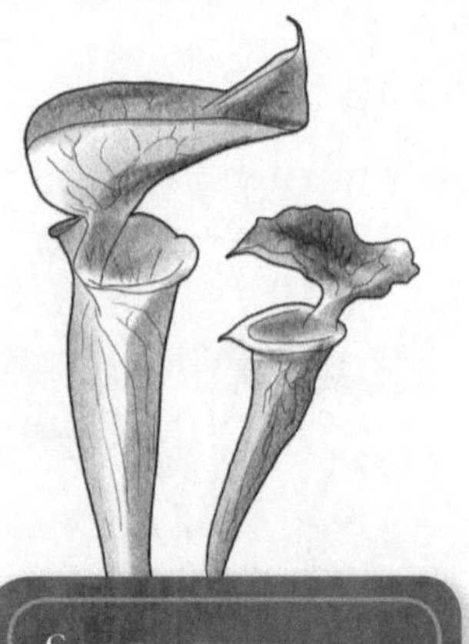

SARRACENIA FLAVA [27]
Sarracenia flava L.

Planta carnívora perenne de 90 cm de altura, sin tallo, con forma de jarra de color amarillo verdoso brillante con capucha carmesí en la que atrapa a los insectos. Su flor es amarilla de 10 cm de ancho con una cápsula con 5 semillas. Tiene un fuerte olor a humedad.

—¿Qué forma tenían? –indagó el relator ansioso.

—No... No recuerdo más, todo se me borra porque...

—Teza, Teza... Ha vuelto a desmayarse –exclamó Raod.

—Tal vez está soñando de nuevo, papá –declaró Ilah consternada.

—¡Debemos llevarla lejos de los ojos curiosos! –concluyó Tiyok con urgencia ante las miradas impertinentes de los herbos que comenzaban a hacer corro.

Raod se apresuró a cargar a su esposa y raudo atravesó las tiendas hasta llegar al camino que conducía al pueblo. Ilah los seguía pensativa, llevando la bandeja de comida ya fría como si fuera un trofeo olvidado.

—Los alcanzaré en su casa. Debo traer vientres de escarabajo y unas hierbas –dijo Tiyok regresando por el sendero por el que marchaban.

Raod siguió su camino con Teza en sus brazos, sintiendo una opresión en su corazón-semilla, tratando de ser valiente delante de su hija.

Al llegar a su casa colocó a Teza en su cama de hojas de naranjo[38]. Con amor la arropó y acarició. Se sentó a su lado en una pequeña silla de patas de toronja[39] y se llevó las manos a su rostro. Ilah tuvo la intención de cuestionarlo pero al verlo tan apabullado dudó, las palabras se le atragantaron al querer indagar y, justo cuando se sobrepuso para hablar, escuchó una vocecita apagada y distorsionada.

"Xaih, ¿eres tú?", preguntó con su pensamiento, pero no recibió respuesta, sin embargo, intuyó lo que debía hacer.

—Papá, déjame dormir al lado de mi mamá.

—No hija, tu madre está delicada.

—Lo sé, pero siento que debo estar cerca de ella, de los dos –dijo Ilah acariciando el rostro de Teza.

—Está bien, hija. Ha sido una noche complicada. Yo esperaré a Tiyok.

Ilah se recostó al lado de Teza y cerró los ojos. Como si fuera atraída por la corriente oculta de un río, Ilah no tardó en caer en un profundo sueño. Repentinamente se vio a sí misma como otra herba, de naturaleza orquídea, ataviada con una túnica de una blancura y un brillo que jamás había visto. Se vio subir por unas escaleras finamente labradas de una alta, voluptuosa y resplandeciente torre. No sintió cansancio cuando por fin logró llegar a lo alto. Arriba la esperaba una habitación pequeña, circular, con una puerta en arco. Dentro encontró a un herbo tulipán que acongojado se asomaba por una reducida ventana ovalada.

Ilah se vio preguntándole:

—¿Cómo protegeremos el conocimiento?

—Yo me encargaré de eso. Negociaré para detener la guerra y liberaré al rey de su cautiverio.

JENGIBRE [28]
Zingiber officinale L.

Especia que se produce a partir del rizoma o tubérculo de la planta, la cual mide 90 cm de altura y tiene largas hojas radicales, lanceoladas, casi lineales, con flores en espiga y de corola purpúrea.

Un aullido agónico escapó de la garganta de Teza dormida y su grito alcanzó el sueño de Ilah absorbiendo la imagen del herbo por la ventana que terminó por desaparecer, lo que llenó de frío la habitación.

Ilah preguntó aterrada desde su corazón-semilla temblando:

—¿Mamá? ¿Dónde estás?

Tiyok ya había llegado a la casa y también había escuchado el grito mientras subía a la habitación.

—¿Teza? –inquirió.

—¡Noooooo! No soy Teza.

—¿Quién eres? –siseó Tiyok desconcertado y parándose en seco en el marco de la puerta.

—¡Quisiera olvidar quién soy! –contestó una voz grave y de abismal tristeza desde el interior de Teza.

Abruptamente, la herba se sentó en su cama y moviendo su cuerpo en círculos permaneció en silencio con los ojos cerrados y húmedos. Luego levantó su mano y señaló a la ventana.

Ilah escuchaba aquella voz desde el cuarto de sus sueños, pero no podía despertar, y el frío se volvía cada vez más gélido. Corrió hacia la puerta y se dio cuenta de que estaba cerrada y por más que intentaba no podía abrirla, intuyendo que de eso dependía que despertara.

Su padre, que había subido con Tiyok, corrió a abrazarla alejándola de su madre; rodeó con fuerza su cuerpo al sentir cómo su temperatura descendía. Jaló una frazada de oveja-algodón para darle calor, sin saber qué más hacer.

Un nuevo alarido resonó y la casa se estremeció. Ilah lo escuchó aún más fuerte desde aquel cuarto de la torre. Sintió miedo, pero un calor dulce en su pecho la hizo saber que su padre la abrazaba.

—Ilah, despierta, despierta –Raod le hablaba dándole golpecitos en la cara tratando de hacerla despertar; su piel ya estaba helada.

En tanto, la diente de león en aquella pequeña habitación tan sólo se abrazaba a sí misma en respuesta al abrazo de su padre sin que el frío le diera tregua. Un intenso temor comenzó a invadirla. La puerta permanecía cerrada, inamovible, igual que sus ojos.

—¡¡No puede ser que los haya traicionado así!! –la voz triste y apesadumbrada de Teza salió de nueva cuenta de sus labios–. ¡No puedo traer esos recuerdos a esta vida! Sería insoportable despertar sabiendo lo que hice en ese tiempo... No puedo sostener esta carga.

—¡Mamá, por favor despierta! –comenzó a gritar Ilah desde ese cuarto cada vez más oscuro y reducido.

Teza tuvo un atisbo de lucidez y, sin abrir los ojos, le contestó a su pequeña:

—Si despierto ahora, hija, recordaré todo lo que he visto y mi alma sería muy desdichada. Quisiera poder pagar mi deuda pero...

—Pero ¿qué estás diciendo, amor? –le preguntó Raod con lágrimas en los ojos y sosteniendo el cuerpo adormilado de

Ilah–. Nosotros te amamos. Yo te amo. ¿De qué otra deuda hablas si no es la del amor que nos debemos, del amor que hizo nacer a Ilah?

Tiyok se acercó y le aventó un vientre de escarabajo, pero Teza lo agarró en el aire y se lo regresó con fuerza. El contenido explotó en la cara del manzano, quien fue perdiendo las fuerzas hasta desplomarse.

Raod retrocedió temeroso.

—No, no puedo soportar lo que se me ha revelado –repitió Teza a gritos y comenzó a caminar por la recámara con los párpados entreabiertos.

—Teza, Teza... Espera ¿Qué haces? Somos una familia. Despierta, mi amor. No te dejes vencer. Eres muy fuerte. No nos dejes, no me dejes, Teza. ¡Despierta!

El instinto de Raod hacía que no pudiera soltar a Ilah, mientras sus sentimientos se debatían en soltarla y alcanzar a Teza que se encaminaba hacia la ventana. Con valor sujetó aún más a su hija y se dirigió hacia su esposa.

—¡No te acerques! –le advirtió Teza con voz amenazante–. Merezco la muerte y con mi muerte pagaré lo que hice.

—No es así –murmuró Tiyok, luego de vencer momentáneamente su letargo y de alcanzar su cantimplora con Dazh y beber las pocas gotas que le quedaban–. Muriendo no pagarás nada, sino que regresarás y vivirás la cantidad de veces necesarias hasta que saldes tu wodra*. ¡Teza, sé fuerte y regresa a esta vida! ¡Enfrenta lo que se te reveló!

—No –dijo Teza–. Estos recuerdos me torturan sin descanso en mis sueños. No puedo más con ellos.

Hizo una pausa como si estuviera escuchando algo. Una voz grave desconocida salió de su boca:

—Ha llegado la posibilidad de olvidar... Sí, el olvido. Entrego mi alma al olvido. Tengo que marcharme para completar el olvido.

Raod, empapado en lágrimas y con su hija en brazos, le advirtió avanzando hacia ella:

—No, Teza. No puedes olvidar que llevas a nuestro hijo en tu vientre, y que si te mueres, él también morirá.

—¡Mi hijo! ¡Mi bebé! –exclamó la herba con voz suave; y lo repitió una y otra vez hasta que sus palabras perdieron fuerza, como un fuego débil que se extingue asfixiado por los vientos del olvido.

—Yo no soy Teza y no tengo ningún hijo –una voz ronca y fría se sobrepuso en su boca.

—¡No puedes olvidarnos! ¡Mamá, soy Ilah, tú hija! –le gritó Ilah desde su cautiverio–. Eres Teza, mi madre en esta vida.

—¡Noooooooooo! –gritó Raod, viendo a su esposa abrir las hojas de la ventana.

La sensación de caer en una oscuridad plena inundó a todos. Una extraña presencia erizó sus segundas naturalezas.

—Detente Raod. No intentes detenerla. Hay algo siniestro detrás de esto –dijo Tiyok, y el cúmulo de comentarios de los Amantes errantes parecieron tener sentido en su mente.

Un furioso viento se coló a la recámara sacudiendo la habitalización de la casa, así como los recuerdos de sus habitantes.

Raod nunca imaginó que aquello que había aquejado a su esposa desde hacía tanto tiempo llegara a ser tan brutal. Su mente se llenó de los innumerables momentos en los que Teza había caído en esos desgastantes sueños que, al parecer, la hacían regresar a una de sus más remotas y complicadas vidas. Sin embargo, ninguno de los aterradores recuerdos de Teza la había llevado a una situación como a la que ahora presenciaba. El miedo atenazó su boca dejándola seca, como el desierto, y a su estómago, hueco y desolado, como un abismo. La casa perdió su forma y desaparecieron muebles y puertas, sin embargo, la ventana permaneció inmóvil, abierta.

Los sentimientos que habían hecho de Ilah una herba retraída comenzaron a tener forma: acecho, amenaza y miedo, y mientras trataba de no sentirlos, su intuición creció y fue allí que tuvo la certeza ancestral de quién era su hermano: un guerrero, en otra vida, con la fuerza suficiente para vencer aquello que ataba a Teza y a ella misma a esos extraños sueños. Un ser con la fortaleza para vencer el acecho al que se veían sometidas. Las palabras del relator llegaban a su mente... pero repentinamente el cuarto con el que soñaba se quedó sin aire y ella sintió ahogarse. Raod la apretó como si pudiera fundirla a su pecho al ver sus espasmos. Fue en ese momento angustioso que un recuerdo llegó a su mente brindándole un respiro:

"Es una palabra que denota poder, y que los sanadores sólo pronunciaban en los momentos en los que no sabían qué hacer". De súbito, Ilah se supo poseedora de un don, de un poder, de la capacidad de sanar con la palabra, y sin pensarlo un instante, gritó con tanta fuerza desde su sueño que su voz alcanzó sus fríos labios físicos e invadió su casa:

—¡Xaih!

La habitalización se sacudió como si despertara de su exalto. En el sueño de Ilah, la puerta de la habitación de la torre se abrió empujada por una fuerte ráfaga dejándola libre.

Ilah abrió los ojos.

—¡Xaih! –gritó de nuevo ahora despierta y empujando las manos de su padre.

Al instante, una presencia irrumpió en la habitación. El mismo Tiyok la sintió en medio de la batalla interior que libraba contra las imágenes siniestras de sus propios miedos; la presencia entró en su sueño maldito y, como si acudiera a su rescate, lo sacó del convulsionado mar onírico en el que también se estaba ahogando. El relator alcanzó la superficie de su conciencia y tuvo un respiro de vigilia.

—¡Xaih! –insistió Ilah.

La presencia recorrió cada rincón de la habitación igual que un líquido espeso y cálido, parecido a la savia de una planta curativa y poderosa. Una luz invisible pareció dar claridad al lugar. La desaforada habitalización de la casa comenzó a serenarse.

Coco [35]
Cocos nucifera L.

Fruto proveniente de las inflorescencias de la palma de coco. Tiene una cáscara dura y fibrosa color ocre que cubre una capa carnosa y blanca que contiene un líquido comestible. La palma alcanza 30 m de altura con un penacho de hojas pinnadas de 3 a 6 m de largo y puede producir de 5 a 15 cocos de 30 cm de diámetro.

Y justo cuando Teza iba a dar el paso para lanzarse por la ventana, una fuerza proveniente de sus entrañas la detuvo.

—¡Xaaaaiiiiihhhhh! –continuó Ilah y el poder que salía del interior de su madre se volvió contundente e invencible.

—¡Xaih! –gritó Raod, uniéndose a su hija.

—¡Xaih! –exclamó el relator y con torpeza arrojó sobre Teza un vientre de escarabajo rojo que al tocarla reventó liberando una nube de polvo. La herba comenzó a toser. Sus manos apretaron instintivamente su vientre. Sus ojos se abrieron y removieron intensamente. Su boca se comenzó a abrir como si estuviera a punto de lanzar un grito. Sin embargo, lo que arrojó fue algo muy distinto.

—¡Que las lunas nos protejan! –exclamó Raod abrazando nuevamente a Ilah para protegerla de lo que veía.

De la boca de Teza salían unas convulsas patas negras entre pujidos de asfixia. La herba se llevó las manos al cuello con desesperación al tiempo que una larva negra y peluda se asomó de sus labios moviéndose temblorosamente hasta salir por completo y desenrollar sus alas. Al inicio negras, para después tornarse de un rojo intenso y mostrar unos símbolos que parecían palpitar al irse tatuando en ellas. Era una enorme mariposa-papiro. Una mariposa roja que reptaba con dificultad como negándose a salir expulsada de la boca de Teza. Sus patas se flexionaron en la nariz de la herba que aterrada mirada aquellos diminutos ojos rojos que brillaban como carbones encendidos. Cuando el insecto se sintió libre extendió completamente sus alas y emprendió el vuelo. Presurosa, escapó por la ventana abierta manchando el viento con polvos rojos semejantes a los que desprenden las brasas de un fuego intenso, buscando el cobijo de la oscuridad de la noche, dejando a la herba sin fuerzas y bañada de un frío sudor.

Raod corrió a abrazar a su esposa, quien pese a encontrarse muy débil, logró sujetar su mano tras recuperar el aliento.

—Por el Morador del Gran Árbol, ¿qué ha sido eso? –inquirió aterrado mientras la abrazaba y trataba de darle consuelo–. ¡Estás aquí, con nosotros, Teza! ¡Lo que te hacía soñar se ha ido!

Instintivamente levantó la mirada y escudriñó la oscuridad fuera de la ventana. Revisó las siluetas de los matorrales y ramas hasta cerciorarse de que el horrible insecto se había marchado.

El silencio se hizo en la habitación, nadie quería romperlo temiendo que el sonido de una palabra quebrara la paz que al fin sentían. Los corazones-semilla se fueron calmando poco a poco. Fue entonces que el relator ya sobrepuesto, se levantó y se dirigió a Ilah:

ROBLE [36]
Quercus robur L.

Árbol de 15 a 40 m de altura, de tronco grueso y grandes ramas tortuosas, hojas perennes, casi dentadas, lampiñas y de margen lobulado. Sus flores son de color verde amarillento y tiene por fruto bellotas pedunculadas de sabor amargo. Su madera es dura, compacta y de color pardo amarillento; apreciada por la industria de la construcción.

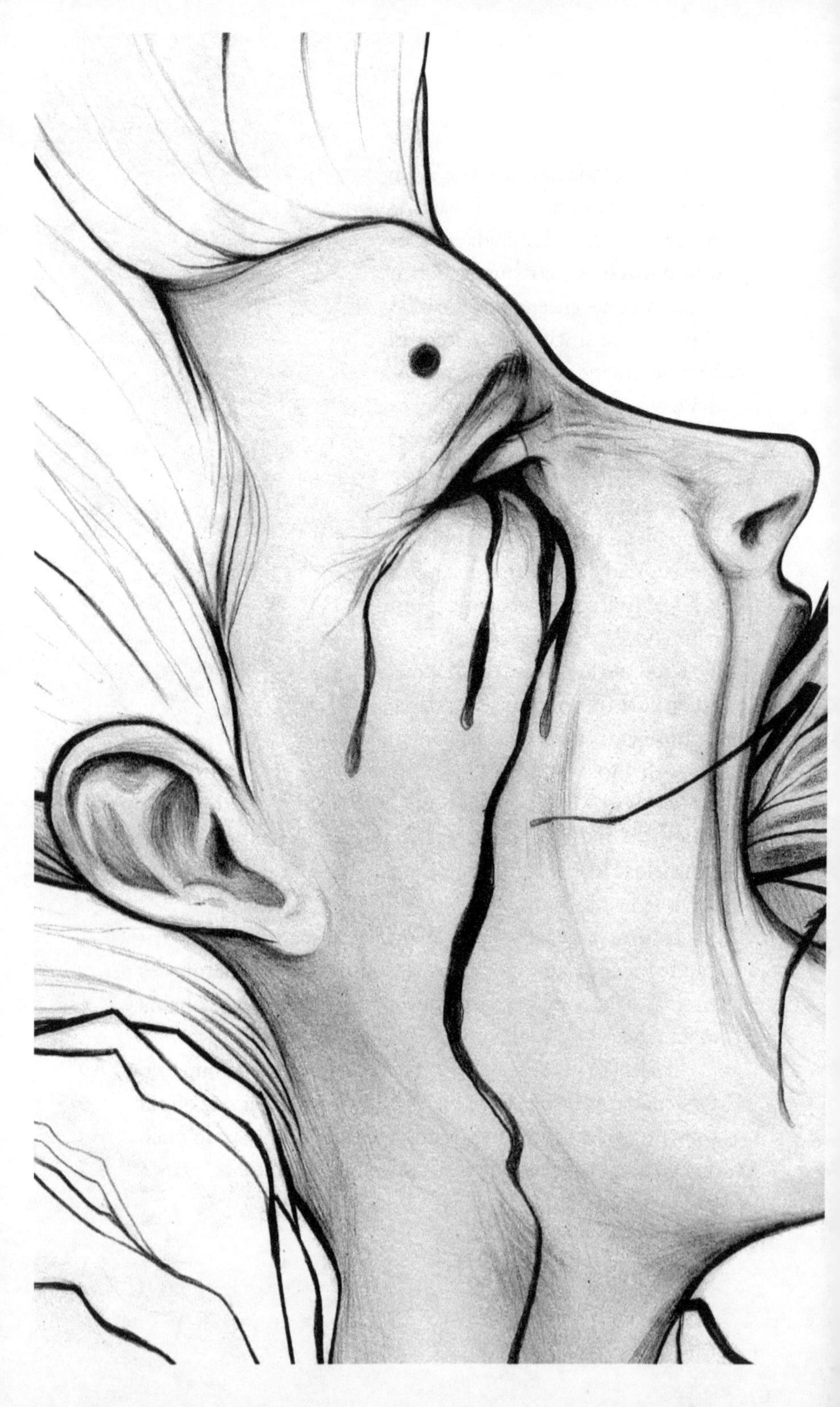

—Fue determinante que hayas pronunciado "Xaih". Incluso antes de nacer, tu hermano ya ha librado su primera batalla.

El viejo relator no le dijo más, trataba de darle forma a sus visiones, a sus conocimientos. Un raya de preocupación se formó en su ceño mientras buscaba algo de Dazh, en sus ensoñaciones había visto algo perturbador.

Teza, ya calmada, pero con lágrimas en los ojos, dirigió su mirada hacia donde se encontraba su hija y le tendió los brazos, pero antes de que ella llegara afirmó:

—Tu hermano ha decidido que sí quiere llamarse Xaih.

—Sin duda se llamará así –señaló el padre mientras fijaba el cerrojo de la ventana–. La luz ya corre por él y por su nombre.

—Querrán decir que "el amor lo cura todo" –intervino el relator bebiendo furtivamente un trago de Dazh de la cantimplora de Raod–. Porque eso es lo que "Xaih" significa en un idioma antiguo y olvidado.

Raod rodeó a Teza e Ilah. Ambas le devolvieron el abrazo, como si pudieran fundirse en uno solo, como si pudieran permanecer así el resto de sus vidas.

—Debemos estar prevenidos –el viejo manzano interrumpió el grato momento–. Esto que hemos vivido no es lo peor, mis queridos amigos. Temo que es el inicio y aunque

parezca que el mal se ha marchado,
estoy seguro que salir era su fin y que
atacará de nuevo. Sólo que ahora no
sólo será a Teza, también vendrá por
ti, Ilah, y... es necesario que comien-
ces tu preparación como estudiosa
de las lunas*.

—¿Estudiosa de las lunas? –lo
cuestionó la joven herba sorprendida, pero no obtuvo respuesta.
Tiyok guardó silencio y ella hizo
lo mismo.

La noche siguió y la casa volvió a
su apacible forma y paz, a la espera
del amanecer.

Aquella noche, cuando Tiyok se
despidió de Ilah, no sólo le dio indicaciones para las siguientes maña-
nas, también agregó algo que hizo
de la mente de Ilah un hormiguero
de dudas:

NARANJO [38]
Citrus x sinesis L.

Árbol frutal que puede medir
13 m de altura. Su fruto es la
naranja dulce.

—Recuerda esto Ilah: no todo lo que nos enseñan es verdad. Y para que amplíes los horizontes de tu mente, debo
narrarte una leyenda que te ayudará a cobrar conciencia de
quién eres y por qué estás aquí. El proceso será largo y tu pro-
greso dependerá de ti.

A ti, como a mí, te resta todavía mucho por descubrir. Tal
vez... no tenemos idea de lo que realmente estamos enfren-
tando –dijo el manzano bajando la mirada, escondiendo su
pensamiento–. Lo que sucedió hoy ninguna crónica lo relata,
por ello nadie debe saberlo. Suficiente tenemos con el estigma
de tu nacimiento...

Un escalofrío recorrió a Ilah, sabía que sus preguntas tardarían en ser respondidas.

Lunas fueron y vinieron, y cada noche, antes de irse a dormir, Ilah realizaba una rutina con el fin de sosegar la intranquilidad en su corazón-semilla.

—Mamá ¿te sientes bien?

—Ilah, por favor, deja de preguntarme todas las noches si me siento bien. Por supuesto que estoy bien, ya han pasado muchas lunas desde ese horrible evento. Entiende cariño que no quiero hablar de eso nunca más. Deja ya de cavilar y descansa esos filamentos.

—Lo siento. Es sólo que... es sólo que me preocupas.

—Todo estará bien si nos amamos. Tu hermano está con nosotros. Recuerda que su nombre es Xaih, el amor que lo cura todo.

Las palabras de su madre sonaban sereneras, ciertas, pero Ilah no se sintió tan segura esta vez.

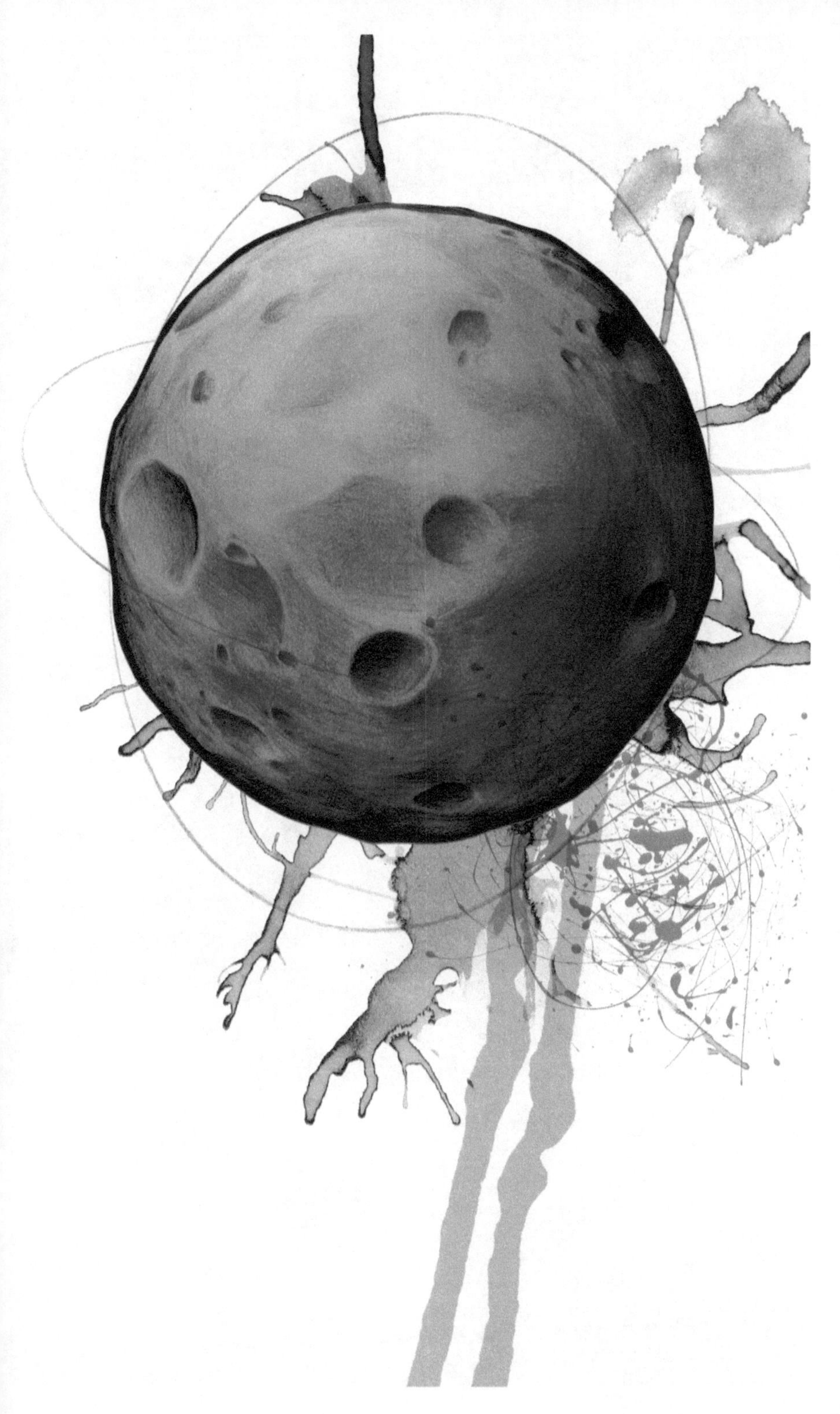

Lazos milenarios

LA LUNA AZUL SE imponía majestuosa en lo alto del cielo, sus rayos destellaban tonos azul pálido por los senderos de la tierra de Necta mientras que una brisa suave acariciaba la maleza del campo. Habían pasado trece ciclos lunares* desde aquella oscura jornada y para fortuna de la familia, la mariposa no había hecho una segunda aparición ni los sueños. Esta vez las cosas eran distintas. Aquella noche abrigaba a Ilah con aromas cálidos y la arrullaba con el canto de los grillos-gardenia[40]. A veces escuchaba a lo lejos la música de los locos de las lunas* tocados por el Rayo ermitaño* que acampaban en los valles cercanos. Antes de ir a dormir, había agotado las drodas sentada en la vieja mecedora con su gato-algodón sobre las rodillas, llena de paz, absorta mirando la luna, escuchando a su corazón-semilla, tratando de dilucidar cuál era la verdadera raíz del mal que acechaba a su hermano, a su familia, a ella misma.

Dormía poco. De madrugada, antes de que la oscuridad diera paso a la luz, Tiyok acudía a buscarla. Llevaban muchas lunas levantándose al amanecer para llevarla a un lugar donde se decía habían caído poderosos rayos de la Luna Azul, los cuales ayudaban a desarrollar intuición, empatía y buen humor.

A Ilah le faltaba todavía mucho por aprender. El viejo relator tenía que prepararla para hacerle frente a aquellas fuerzas que, estaba seguro, la acosarían, como a su madre.

En aquel amanecer, ambos se internaron en la pradera. Ilah, aunque mostraba disposición, aún estaba medio dormida.

No se detuvieron hasta dar con la dama de noche[41], que según los cálculos de Tiyok, ya le tocaba florecer. Así que el viejo manzano la invitó a sentarse de nueva cuenta delante de ella.

—Llevamos lunas observando esta planta. Se ve que cada vez tiene más hojas y... que está madurando rápido. Pero... ¿qué aprenderé al verla? –le preguntó meciéndose sus filamentos desparpajados.

—Qué te he dicho: haz lo que no sueles hacer; sé paciente –Tiyok la miró con seriedad–. Sólo una vez en un lunio esta planta florece y ese momento le corresponde al que la sabe esperar.

—Mmm... Suena extraño e interesante –dijo la herba contemplando de cerca la planta–. Es probable que aprenda algo más. Mejor háblame de lo que no se ve.

El relator sonrió y le explicó a Ilah lo que él mismo había aprendido de sus Maestros:

—Desde tiempos remotos se ha dicho que la naturaleza esconde incontables secretos, y que sólo quienes permanecen atentos a sus más sutiles cambios acceden a su revelación.

La dama de noche puede ayudarte
a abrir tus sentimientos, a vivir el
momento, a develar hechos, sucesos,
dudas, incluso, a los más versados,
a descubrir aquello que les impide
que obtengan *el llamado**.

La joven diente de león miraba
a Tiyok intrigada, con la mirada
fija y atenta.

—Ilah, escucha. No todos los
conocimientos y saberes se encuentran
en las mariposas o libélulas-libro. Los
verdaderos secretos están formados
de palabras aladas, de sonidos sor-
dos, de voces ausentes, de momentos
idóneos. Cada que un relator narra
una leyenda despierta el pasado, despierta lo que nombra. De
modo que cuando las flores se abren también se abre tu alma
y, si estás atenta, despierta, conocerás los misterios que esconde
tu corazón-semilla. Desconocemos lo que implicará esa revelación, pero sin duda será de gran utilidad para tu formación.

Ilah se entusiasmó ante aquellas palabras, por lo que se
guardó sus preguntas y se propuso esperar con ansiedad ese
suceso. Se acomodó como pudo y se puso a observar la planta
frente a ella. De pronto quiso tocarla pero la sensación de
que el mínimo roce echara abajo su florecimiento, le impi-
dió hacerlo. Así que prefirió sólo acariciarla con la mirada.

—Permaneceré atrás de ti –le hizo saber el relator–.
Recuerda: esto es entre la planta y tu corazón-semilla. ¡Ah!,
por cierto: la contemplación es el camino, no la acción.

Al principio la planta no mostraba cambios, pero a medida
que Ilah la observaba, sus hojas verdes y onduladas parecieron

danzar y dejar entrever un brillo inusual. Era como si al interior de su capullo estuviera surgiendo un sol diminuto, como si decenas de chispas viajaran por el tallo desde la raíz hasta sus abundantes hojas haciéndolas palpitar de colores relucientes.

Ilah comenzó a sentir crecer en ella, tal cual la planta, la curiosidad y la fascinación.

Pequeñas esferas verdes, blancas y azules corrían presurosas de la base al capullo semejando la danza del agua sobre una fuente. El tiempo transcurría y la planta adquiría un aire misterioso y delicado. Tuvo la impresión de que estaba frente a una alma vieja y sabia que había conocido en una época no definida. El tallo se abrió de repente y dio paso a una reluciente flor de pétalos blancos y largos como si fuera una luna desbaratándose en gajos.

Ilah se sintió congratulada y extasiada.

La fluorescencia de la dama de noche le provocó una emoción de familiaridad; sus luces interiores le eran amigables, cálidas, tiernas; como si aquellos pétalos ahora multicolores fueran capaces de acariciarla igual que el viento al pasar; de besarla como una madre a su hijo antes de dormir; de hablarle al alma y hacerla derramar lágrimas en un atardecer de invierno iluminado por luciérnagas-azucena; de amarla con silencios de abuela temblorosa; de revelarle los secretos de su corazón-semilla sin decirle palabra alguna. Parecía que algo más allá del tiempo las emparentaba y las hacía confidentes, cómplices de eventos que Ilah aún no lograba recordar, pero sí sentir.

En ese momento, Ilah fue capaz de abrazar a la flor desde su lugar, sin extender los brazos, y en un suspiro se desvaneció en un trance profundo y amoroso. Se sumergió en él, como si nadara hacia lo más hondo de sí misma, hacia lo más profundo de su memoria y de su pasado.

Tiyok permanecía atrás, alerta. Muy a su pesar descubrió que algo los acechaba: una falsa-oronja salpicada de puntos rojos comenzó a palpitar cerca de él. Sólo logró incorporarse y dar un paso atrás cuando la seta expulsó sus esporas. Sintió que se paralizaba y, en un instante, su tiempo se detuvo. Sus ojos contemplaron con angustia cómo Ilah se levantaba y se internaba en la maleza saliendo de su vista.

Cuando Tiyok venció su parálisis, Ilah se había ido, la flor había brotado con elegancia y resplandecía aún.

El relator la llamó y corrió hacia la dirección en que la había visto partir, pero Ilah no respondió. La Luna Azul trazó su paso, el amanecer quedó al descubierto y la angustia del herbo se incrementó. Comenzó a preocuparse por la vida de la diente de león. Sabía que Ilah no estaba lo suficientemente preparada para hacerle frente a la mariposa.

Siguiendo su instinto, Tiyok llegó al camino que conducía a un risco. Arriba, en el borde, la encontró dormida.

—¡Que las lunas nos iluminen! No te muevas –exclamó Tiyok sujetándola con fuerza.

Ilah despertó súbitamente volteando a su alrededor.

—¿Qué hago aquí?

—Ilah, ¿te encuentras bien? ¿Te hizo daño la mariposa?

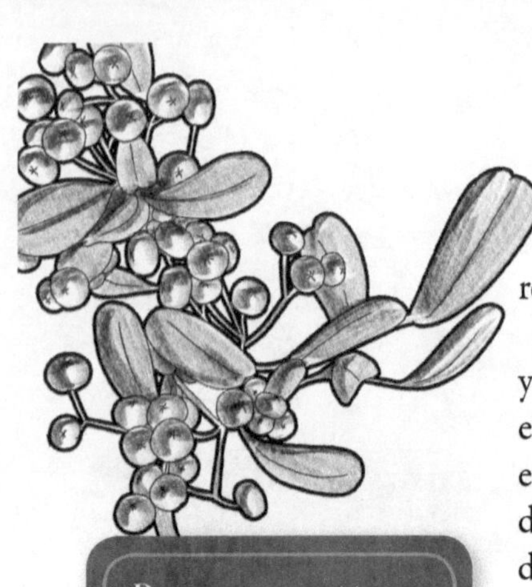

—No, no sé... Yo estaba... No recuerdo nada.

—Sígueme –dijo Tiyok con voz y ceño preocupado–. Este lugar no es ni será un lugar seguro. Haz un esfuerzo por recordar lo que sucedió o, al menos, lo que viste con la dama de noche, Ilah.

No tardaron en llegar al sitio donde estaba la flor.

—¡Ha abierto sus pétalos! Y no la vi –exclamó Ilah sorprendida y triste.

—¡La viste pero no lo recuerdas! –infirió el relator– Esfuérzate en hacer memoria. ¿Qué sucedió? ¿Por qué te fuiste? ¿Recuerdas qué te obligó a moverte? ¡Lunas! ¡Tienes que recordar!

Ilah miró sorprendida a su Maestro. Lo que había sucedido lo había exaltado sobre manera. Así que se esforzó en recordar. Un relámpago iluminó su memoria. Un par de lágrimas le brotaron; un profundo miedo la congeló.

—La mariposa... la misma que salió de la boca de mi madre apareció y se posó sobre la flor mientras palpitaba, mientras me abrazaba con su luz. Me levanté temerosa y ella me persiguió hasta el risco –luego murmuró agobiada–. Fue sólo un sueño, ¿verdad? Un sueño maldito*, aunque no recuerdo haber bebido Dazh –Ilah tocó la cantimplora que siempre cargaba con el líquido sagrado y le pareció que seguía llena.

El relator le contestó con autoridad:

—Cuando se contempla a la dama de noche de la manera correcta, se cae en un profundo trance y es así que se obtienen respuestas, recuerdos. Sin embargo, mientras observabas, tú también eras observada. La mariposa debió de introducirse en tu ensueño para que cayeras del risco.

Tiyok guardó silencio y observó a su alrededor.

—Nos estuvo observando todo este tiempo. Sin embargo, no te atacó cuando estabas consciente sino soñando.

—¿Por qué nos persigue? ¿Por qué nos enferma?

—Es evidente lo que busca: tu muerte y la de tu madre. Sólo que no comprendo su actuar del todo. Tal vez no quiere que conozcan lo que Xaih viene a revelarles. No quiere que descubran cuáles son sus verdaderas deudas de wodra y mucho menos cómo pagarlas.

Ilah palideció al pensar en que era su hermano quien hacía que su madre recordara, aunque ella se resistiera a soportar el peso de sus revelaciones.

—¿Cómo sabes que él es quien nos revelará nuestros wodras?

El viejo manzano se tomó unos momentos para contestar.

—No sólo a Teza se le reveló su pasado, hay deudas que tengo con él, y ha llegado el momento de pagarle ayudándole a nacer en este tiempo cuidando de ustedes.

Ilah no supo qué decir. Se quedó en silencio tratando de comprender. Por lo visto sus vidas pasadas se extendían

y se enredaban como las raíces de un árbol ancestral. Como lo había deducido antes: todas las almas estaban entrelazadas de algún modo.

—Ilah, tenemos poco tiempo. Examina tu corazón-semilla. Trata de recordar. Medita con cuidado y por ningún motivo te quedes dormida. Yo permaneceré observándote.

Ilah se sentó de nuevo frente a la flor que empezaba a marchitarse y trató de relajarse. Se sentía tensa pero a medida que se tranquilizaba, su respiración lograba conectarse con el recuerdo de la planta y con su interior. Fue entonces que su memoria comenzó a relampaguear y le mostró escenas cortadas de una sangrienta guerra.

Esta vez, Ilah se mantuvo consciente y comenzó a relatarle al viejo manzano las escenas que veía.

—¡Vi a un herbo alto de segunda naturaleza tulipán, vestido con un traje azul de tela brillante! Caminaba apesadumbrado por un largo pasillo de muros de piedra rodeados de gruesas y largas hiedras. No... no recuerdo su rostro, la mariposa lo desdibujó —hizo una pausa y levantó la voz—. No sé cómo expresarlo, pero siento que ese herbo es... Es... ¡Es mi madre!

—No te asombres Ilah, continúa.

—Aunque tiene otro cuerpo, es un herbo, su alma es la misma. Me duele el pecho. Sé que algo hizo, algo de consecuencias, puedo sentir su remordimiento.

—¿Qué más? —preguntó presuroso el manzano mirando a su alrededor.

—Gritos. Recuerdo gritos. Vi a las afueras de un castillo cientos, tal vez, miles de muertos −Ilah comenzó a llorar agobiada por una marea de incesantes y escurridizos recuerdos−: ¡Creo que desde entonces, el alma de mi madre ha arrastrado esa enorme carga! Tiyok, ¡no quiero saber lo que hizo! −exclamó Ilah moviendo la cabeza con desesperación−. ¡No quiero saberlo!

—Ilah. Si quieres ayudar realmente a tu madre, a tu hermano y a ti, tienes que ser fuerte y enfrentarte a lo que se te fue revelando.

—¡Basta, basta! ¡No deseo saber nada más de ese pasado! –se quejó la diente de león rompiendo en llanto, tratando de salir de sus visiones.

—Valor, Ilah. ¿Qué acaso no le temes a ese ser que tiene el poder para detener el tiempo, para alterar tu vida? Tienes que ser fuerte para recordar lo más oscuro de esos tiempos. No puedes cambiar el pasado pero puedes modificar tu presente.

—No quiero…, no puedo.

Un relámpago cayó en la mente de Ilah iluminándolo todo, cegándola por completo y en un instante, se encontró frente a la flor. Pero ya no era la misma, ahora la luz que la había invadido huía de ella vertiginosamente para dejarla exangüe, marchita.

—¿Por qué yo? –replicó la joven diente de león abriendo sus ojos mientras se limpiaba las lágrimas de las mejillas–. La mariposa se llevó el mejor momento y me dejó recuerdos crueles, dolorosos.

Tiyok suspiró sintiéndose doblemente derrotado y le contestó imprimiéndole calidez a sus palabras.

—¿Por qué tendría que ser otra herba? Todos los herbos nacimos para obtener *el llamado* a través de las tareas que realizamos en cada vida y no podemos evitar que el presente se ancle de nuestros actos del pasado. Sin embargo, siento que al nacer tu hermano irás descubriendo cuál es tu misión y tu verdadero wodra. Sólo entonces tomarás las riendas de aquello que te fue heredado.

Ilah se sentía desfallecer presa del dolor contenido en tantos edros.

—Tiyok, ¿cómo puedo saber por cuántas vidas he pasado? ¿Cuántas veces he renacido?

—Sólo tu corazón-semilla puede responder esas preguntas, Ilah. En él están contenidas las vidas que ha experimentado tu alma y sus aprendizajes. Si alcanzas *el llamado* en esta vida, cruzarás el Puente*, y será entonces que dejes de renacer pues te habrás unido al que nadie puede ver –le contestó Tiyok–. Por eso te pedí que meditaras al lado de la flor. Ya amaneció, Ilah, tal cual como amanecerá en tu alma algún día.

—Tiyok, ¿tú crees que recibiré *el llamado* en esta vida?

—Las lunas y los números dicen que tu oportunidad está cerca, pero eso dependerá de ti.

—Sé que mi hermano es parte de mi pasado –afirmó Ilah consternada–, pero no puedo, no puedo recordar por qué y cómo.

—El alma es sabia y sólo te revela aquello que eres capaz de enfrentar. Sólo puedo decirte, pequeña herba, que las lunas no han endurecido en vano esta corteza que me cubre, y sé que el conocimiento puede convertirse en una carga terrible cuando no estamos preparados para sus implicaciones. Por eso estoy aquí contigo y con tu madre.

Un razonamiento horrorizó a Ilah.

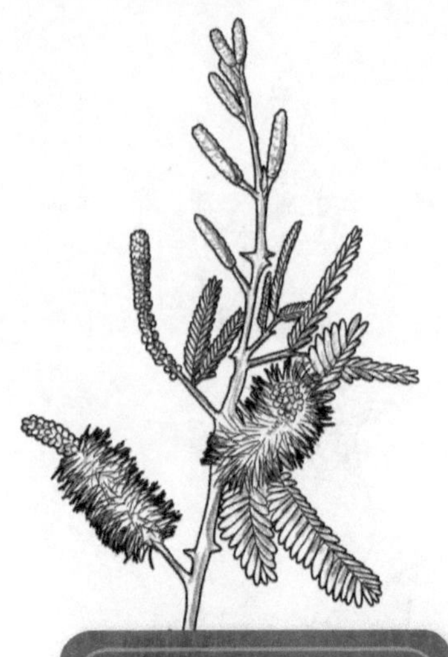

—Entonces, si mi hermano ha de renacer para resolver este conflicto, la mariposa también lo atacará para que no viva en este tiempo. No sólo mi madre y yo corremos peligro.

—Como te dije, lograr que nazca vivo será nuestra prioridad –le confirmó el relator–. Y me temo que no podré protegerlo... Hoy me ha quedado claro... Bueno, prosigamos. Necesito te concentres en indagar en tu corazón-semilla el resto de tu ensueño, pero con la mariposa –murmuró el anciano dirigiendo su mirada hacia el frente–. Aún no comprendo cómo evitaste caer y te quedaste dormida.

Al escuchar esas palabras, Ilah desvió su mirada y su memoria cedió para mostrarle cómo había salido corriendo llena de pánico. La mariposa la perseguía y ella avanzaba sin poder mirar por dónde pisaba y hacia dónde se dirigía. Recordó haber sentido que uno de sus pies resbalaba hacia un oscuro vacío llenándola de un pavor indescriptible. Y así, de repente, sintió que una mano la tomaba de un brazo. Fue en ese momento que pudo ver el abismo bajo sus pies y súbitamente se desvaneció.

—¡Moud! –exclamó Ilah– ¡Él me sujetó!

—¿Moud? Él no está aquí. Es...

—Sí, era él. ¡Soñé con él!

El relator sonrió.

—Recuerdo haber escuchado una risita queda después de que él tomó mi mano...

—Sólo puedo imaginar a alguien con el poder suficiente para alterar un sueño, y ése es Xaih –aseveró Tiyok con un atisbo de esperanza.

Ilah se quedó callada tratando de comprender plenamente lo que había ocurrido.

Tiyok interrumpió su cavilación.

—¿Qué curioso? Los relatores y los comerciantes con sus suculentos platos están de vuelta en el Valle de Necta. No estaría mal que fueras en busca de ese tal Moud. Tal vez te pueda salvar de alguna otra cosa.

Ilah se ruborizó.

Tiyok volteó a ver el lugar que dejaban y con el semblante jocoso de un relator se permitió decir una mentira para evadir más preguntas y no externar su preocupación.

—Y ya que estoy seguro de que vas a ir, no olvides pensar en tu relator favorito y traerme un rico trozo de pato-naranja. Sólo de pensarlo se me abre el apetito.

Una noche en llamas

ÓLO LAS SOMBRAS SABEN cómo fue que una chispa alcanzó las hojas secas y amontonadas que causaron el desastre. El fuego se propagó rápidamente por el campamento y se extendió hasta alcanzar la región árida del bosque. Las abejas-girasol fueron sorprendidas durmiendo entre las flores. Su crepitar fue un sonido más en el incipiente amanecer. Los ratones-anís[42] pudieron escapar dada su velocidad al correr, sin embargo, los animales más lentos no lo lograron, mientras que otros más pequeños, pero hábiles, se conformaron con saltar sobre los lomos de los veloces coyotes-trébol[43] que corrían despavoridos. Las águilas-piricanto[44] huyeron volando hasta lo más profundo del bosque llevando a sus crías en busca de protección. El ruido causado por la destrucción de la floresta era tan agudo que muchos de los aldeanos creían que los mismos árboles se lamentaban indefensos.

Los herbos del pueblo despertaban aterrados y le daban crédito a toda clase de invenciones, mitos y supersticiones sobre el incendio, como que la luna de aquella noche se había corrompido por las malas acciones de los aldeanos y que, en consecuencia, había lanzado un rayo de fuego para hacer arder los campos; herbos seguramente tocados por algún mal rayo

de la Luna Azul, se atrevían a decir que eran rayos de la otra realidad* los causantes del desastre. Los herbos ingenuos se creían las habladurías, pero nadie sabía lo que en realidad había sucedido.

Tiyok e Ilah regresaban al pueblo cuando en su camino se encontraron con la sorpresa de que el conglomerado de tiendas en el Valle de Necta, en el que hacían los festivales de los relatores, había sucumbido al voraz incendio.

—¡Que las lunas nos protejan! –exclamó Ilah con sorpresa al ver a lo lejos la inmensa nube gris que se levantaba sobre un rojo resplandor–. Pero ¿qué ha sucedido?

A los lejos pudieron ver a los comerciantes regresar abatidos por el camino de falsas oronjas algo chamuscadas.

Uno de ellos gritó fuera de sí, tal vez influenciado por las malas fases de la Luna Azul:

—Cayó un rayo destructor. La luna despidió rayos de fuego. La Luna Azul nos ha enviado un castigo.

Ilah apretó el paso. Aunque la humareda se había disipado, el olor pegajoso a madera quemada envolvía el ambiente impregnando hasta las segundas naturalezas.

Tiyok permaneció parado, consternado.

—Esto... no es obra de la Luna Azul. Esto... no puede ser... No me explico cómo acabó el incendio de forma tan repentina como inició. ¿Acaso alguien se ríe de nosotros? ¿Acaso ya no hay lugar seguro?

Cuando descendieron al valle donde lunas antes había estado el grupo de carpas de los comerciantes, la impresión de sólo encontrar despojos color café y carbones encendidos que humeaban tímidamente le revolvió el estómago a Ilah. Se sorprendió al ver el desastre. Su corazón-semilla latió como el galope de un caballo-laurel desbocado al imaginar la pérdida de aquellos herbos y ver sus caras largas al remover los escombros en busca de algo rescatable. El fuego había sido implacable, había dejado sólo rescoldos, residuos oscuros, siniestros, que escondían vidas apagadas y esperanzas rotas.

—Tenemos que ayudar... Tenemos que rescatar...

—Ilah, aquí no ha quedado nada –contestó con tristeza Tiyok al alcanzarla–. Sólo polvos rojos...

—No Tiyok, aquí debe haber respuestas. Tengo un presentimiento. Sígueme –afirmó Ilah y corrió por los caminos que surcaban los escombros humeantes de las tiendas.

El viejo manzano sonrió al ver en Ilah el despertar de su intuición. Así que la siguió expectante, cuidándola de aquello que pudiera estarla observando.

La diente de león corría desesperada sin encontrarle forma al camino. No se ubicaba, no sabía a dónde había quedado el campamento de Moud con su oloroso pato-naranja. Sin embargo, fue la voz del chico la que le dio aviso:

PIÑÓN [52]

Semilla o almendra de pino (de diversas especies) que se extrae de una cáscara leñosa y dura (piña) que se abre con el calor. Para extraer el piñón, la semilla se tiene que remojar. Su proceso de maduración es largo, sin embargo, es resistente a sequías y heladas. No requiere sembrarse.

—Lo perdimos todo.

Ilah se dio vuelta y se encontró con Moud. Su expresión distaba mucho de la de aquel ayudante de cocina sonriente y ágil; sus ojos transmitían una mirada profunda y sus pupilas semejaban al agua quieta en el fondo de un hondo pozo.

—¿Cómo sucedió? –la diente de león verbalizó la pregunta que atenazaba a su corazón-semilla.

Moud dirigió su mirada hacia el suelo.

—Me siento profundamente confundido. Prometan que no se lo dirán a nadie –el silencio del viejo manzano y de Ilah fue tomado como una afirmación–. Siento como si hubiera sido yo quien provocara esto –aseveró el cafeto con una seriedad sepulcral y un tono de certeza que a Ilah le pareció desconcertante.

—¿Tú? ¿Por qué harías eso? –lo cuestionó Ilah.

—No sé... Todo es tan borroso y a la vez tan claro que... siento que no puede ser posible...

—¿Qué fue lo que te sucedió muchacho? Cuéntanos –lo cuestionó Tiyok intuyendo una terrible verdad.

—Les juro por las Bestias del abismo que sólo sé que me fui a dormir como de costumbre y al despertar esta mañana recordé haber soñado dos cosas: la primera, con alguien que no sé si es quién creo que es. No importa, en verdad... La segunda es la peor: soñé que corría por el valle feliz con una gran antorcha en las manos... e incendiaba el campamento.

Recuerdo que todo se veía reluciente, podía sentir el calor de las llamas lamer mi rostro y sentir placer en ello. Corría y corría. De pronto me vi de lejos, como desde las alturas, y desde ahí contemplé con fascinación el humo subir hasta casi asfixiarme –los ojos de Moud se enrojecieron–. Al amanecer, cuando escuché la algarabía vine con la esperanza de que sólo fuera un atroz sueño. Pero no. Al llegar me di cuenta de que había sido cierto. Me miré las manos y las encontré tiznadas. Yo...

La mano de Tiyok en su hombro detuvo su lengua.

—Moud, no creo... No pudiste hacerlo... tú... –dudó en decir el manzano mientras buscaba las palabras exactas.

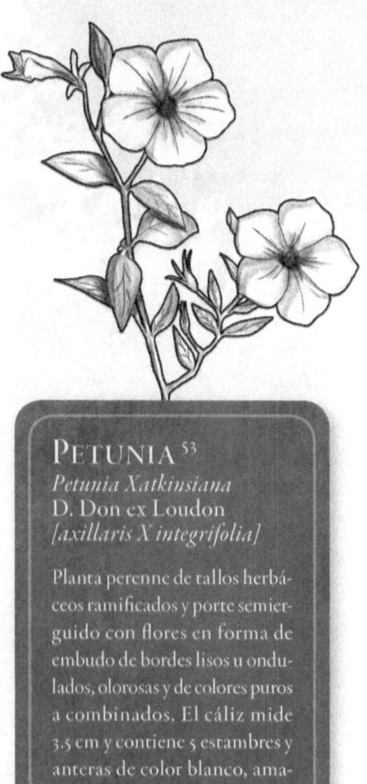

—Fue un terrible sueño, Moud –dijo Ilah mirando a Tiyok con la misma certeza que éste había tenido momentos antes–. Ha sido una cruel casualidad. No debes culparte.

—No puedo creer que sólo haya sido eso... Mira a tu alrededor, hemos perdido todo. Los comerciantes han perdido simplemente todo.

—Si... si te dijera que yo soñé que me salvabas de algo no muy grato..., ¿me creerías? –dijo Ilah con serenidad tratando de desviar la conversación.

Moud pareció salir de su agobio para responder.

—¿En verdad? –contestó quedo pero sorprendido–. La verdad es que yo recuerdo... también soñé contigo.

Ilah miró a Tiyok como esperando su intervención, pero éste guardó silencio.

—Soñé que algo me llamaba fuera de la cama. La oscuridad de la noche era bella –dijo el cafeto sin dejar de mirar profundamente a Ilah–. De repente, te vi. Corrías desesperada y sin cuidado hasta un barranco y estabas a punto de caer cuando… Sólo sé que te tendí la mano y ya te estaba sujetando. Corrías porque… porque, ya recuerdo, te perseguía una mariposa. ¡Qué absurdo suena! Parecía una mariposa común, pero cuando se acercó la sentí amenazante. Sentí miedo cuando trató de que te soltara, entonces, yo le di un manotazo y se alejó. Mmm… No sé cómo, pero después la estaba persiguiendo con una antorcha en la mano que no sé de dónde la saqué.

Tiyok apretó los labios y se esforzó en sonar calmo y sereno.

—No todo ha sido tan malo. Si por un lado soñaste esta desgracia, también soñaste que salvabas a Ilah, y con eso debes quedarte.

—Por fin supe tu nombre… –murmuró Moud, fijando sus ojos en la herba–. Lástima que sea en un momento tan…

—Desconcertante… –completó Ilah meditativa.

—¿Los sueños pueden llegar a ser reales? –le preguntó el muchacho.

De pronto surgió una voz en la cercanía.

—¿Moud estás bien? ¿No te ha sucedido nada? ¿Estás herido? –era Rodha que gritaba a unos pasos de ellos–. Esto ha sido una desgracia –consternado abrazó a Moud mientras hablaba rápido, confuso y quejoso–. Siento tanto enojo que quisiera culpar a alguien por tanta pérdida. Moud, soy el peor amigo de esta región, discúlpame. Sé que no fuiste tú, pero en cuanto vi lo sucedido pensé que habías vuelto a dejar el horno prendido, pero por otro lado, mi corazón-semilla me asegura que ni con todos los hornos de los panaderos prendidos sucedería esto. Moud, estoy confundido. No sé qué vamos a hacer... Alguno de esos rarísimos rayos de luna me ha afectado. Amigo, que bueno que estás bien...

—Lo perdimos todo, y aunque no lo creas, me siento culpable...

—Lo siento, no debí decirte mis pensamientos. Me siento agobiado. De lo que te debes sentir culpable es que no hayamos ganado el concurso de patos-naranja, de lo demás no importa, ya veremos en la otra luna o a la siguiente cómo nos la ingeniamos para recobrar lo perdido. Tal vez te ponga a vender baba de caracol-bellota[45] para las viejas y arrugadas doncellas –dijo Rodha tratando de relajarse.

Moud sonrió.

—Nosotros tenemos que marcharnos. Siento en verdad su pérdida –aseveró Tiyok a los herbos.

Rodha cayó en la cuenta de que no estaban solos.

—Bueno... hasta las lunas buenas, Moud –dijo Ilah siguiendo a Tiyok.

—Hasta pronto... Ilah... –dijo el cafeto siguiéndola con la mirada.

—Buenas y malas lunas tenemos –dijo el joven perejil volviéndose a Moud y poniéndole una mano en el hombro–. ¡¡Desde que vi el rostro de esa herba, aquella noche en la que se conocieron, supe que se aproximaban muchas desgracias!!! Moud, ¿seguro que no dejaste el horno prendido?

—Creo ha sido demasiado para Moud –dijo Ilah con tristeza.

—Su mente ha sido el campo de batalla de dos poderosas fuerzas, pequeña –comentó Tiyok mientras caminaba algo presuroso–. Ser consciente de los sueños tiene sus secretos, y sus peligros, Ilah.

—Aún no comprendo lo que de verdad ocurrió.

Tiyok le explicó:

—Tanto tú como Moud ya han cumplido la edad propicia para experimentar sueños malditos. Tal vez éstos sean propiciados por la mariposa y con resultados tangibles. Pronto necesitarán Dazh para aliviar su mente. Llegado el momento, les ocurrirá lo que a todos los herbos: ante sus ojos sus peores miedos aparecerán teñidos de colores vivos; el dolor entrará por sus pupilas para atacar sus almas. A medida que la maldición ancestral* caiga sobre ustedes, los sueños malditos aparecerán cuando menos los esperen. Por si fuera poco, sus cuerpos también padecerán sus efectos, se volverán aún más vulnerables a los rayos de las lunas regentes y deberán cuidarse para no enfermar al exponerse a sus más temibles luces.

—Pero intuyo que los sueños que hemos tenido van más allá de los designios de las lunas y la maldición –dedujo Ilah y detuvo su paso–. Lo que soñamos se relaciona con hechos que sí ocurren.

—¿De qué más te has dado cuenta, Ilah? –inquirió el relator.

—Si esto continúa, los herbos buscarán culpables, ¿no es así, Tiyok?

—Creo que empiezas a entender la complejidad del asunto y las repercusiones que han tenido los sueños en tu familia. Pero debes saber que hay otra manera de soñar, Ilah y que para conocerla necesitas escuchar una vieja leyenda. Una leyenda prohibida y compleja. Es la historia de una herba como tú que abandonó todo lo que tenía para emprender un largo viaje; una joven sábila⁴⁶ que al buscar los rayos de una poderosa Luna Edrenaria* se encontró a sí misma y descubrió su más grande poder, te estoy hablando de la *Leyenda de Erith*.

Al escuchar el nombre, Ilah se exaltó y detuvo su paso.

—Pero, no te quedes ahí. Sígueme, que me ha surgido un presentimiento, y no es bueno. De ahora en adelante tienes que ser fuerte. Anda, camina y no te apartes de mi vista.

Ilah avanzó con miedo. Atrás quedaban los restos de una historia. Adelante no sabía qué la estaba esperando.

El caminO sin PALABRAS

LAH PALIDECIÓ AL LLEGAR a su casa y encontrarla en aquellas condiciones: el techo aún humeaba y sus paredes se habían oscurecido con el hollín, en tanto que el humor de la habitalización a partir de doce entrelazados duraznos[47] había decaído hasta marchitarse. La casa agonizaba a causa de las quemaduras, al igual que... Teza.

—¡Hija! ¡Qué bueno que estás aquí! –gritó Raod cuando la vio entrar a su derruida habitación– ¿Estás bien? Sí, lo estás.

Ilah vio junto a su madre, que permanecía inconsciente, a dos herbas desconocidas, una sanadora y la otra comadrona que examinaban sus signos vitales minuciosamente, mientras cubrían su cuerpo de hojas de gordolobo[48], tepezcohuite[49], orégano[50], tepozán[51] y otras que en su vida había visto.

—¡Mamá! ¿Cómo está mi mamá? –le preguntó Ilah a su padre sintiendo que sus piernas se volvían líquidas de tanto temblar–. ¿Cómo fue que la alcanzó el fuego... si nuestra casa aún está de pie?

—No sé cómo pasó, Ilah. ¡De verdad, no me lo explico! El incendio se inició en el valle pero de algún modo llegó hasta nosotros. Los Amantes* habían predicho una noche calurosa, pero nunca pensamos que sucedería esto.

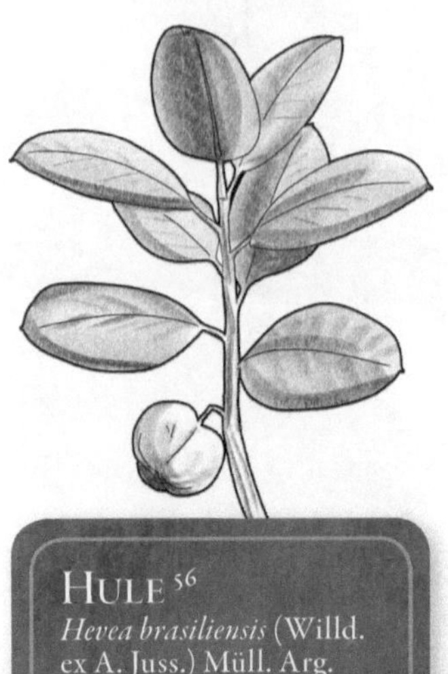

HULE [56]
Hevea brasiliensis (Willd.
ex A. Juss.) Müll. Arg.

Árbol que sobrepasa los 15 m de altura por 30 a 60 cm de diámetro y que excreta látex natural. Sus hojas con compuestas, trifoliadas y alternas de color verde oscuro, de flores monoicas (tienen ambos sexos) amarillo claro en racimos. Su fruto es una cápsula con una semilla. Propio de hábitats húmedos como la Amazonia.

—Dicen que las llamas brincaban como conejos-piñón[52]. Una llama aquí, otra llama acá, salpicando de fuego las casas más alejadas del valle, dejando intactas sólo las que estaban a la orilla del pueblo –interrumpió la comadrona de naturaleza petunia[53], la más vieja y por lo visto la más parlanchina.

—Ilah, escúchame, cuando desperté vi cómo la casa luchaba por sacudirse el fuego. Busqué a tu madre, pero ella había subido al techo presa de uno de sus nefastos sueños, y en lugar de protegerse, se había rociado extracto de caña[54] fermentado, para que el fuego la alcanzara. Aun con las contorsiones de la casa, logré llegar a ella justo después de que las llamas la alcanzaran. Con grandes esfuerzos logré taparla para apagar el fuego en sus ropas. Pero no fue suficiente, ahora su vida está en riesgo por las quemaduras –le contó Raod a su hija con la voz quebrada y con lágrimas en los ojos mientras acariciaba los maltrechos pétalos de orquídea de la cabeza de su esposa.

—Me temo que el pequeño también lucha por su vida –declaró la sanadora epazote[55] con gravedad–, se mueve con mucha celeridad; parece que tiene urgencia por nacer, así como este incendio de acabar con todo. Vamos a requerir de la ayuda del Morador del Gran Árbol para que el parto se dé sin problemas.

—¡Más de los que ya hay! –señaló súbitamente la comadrona que al ver la cara de la familia prefirió retirarse.

Teza temblaba como si su piel fuera un suelo blando en movimiento mientras que su vientre hinchado anunciaba un alumbramiento cercano y convulsionado.

Ilah sintió la boca seca, un escalofrío la sacudió al pensar: "Mi madre y mi hermano fueron vulnerables a la mariposa. Morador del Gran Árbol. He sido débil, no los he logrado proteger, pero ¿cómo puedo hacerlo?".

—La única opción que tienes para defender a tu familia es despertar tus memorias ancestrales. Ya no hubo tiempo para más lecciones, con lo que aprendiste debes enfrentar el pasado –se apresuró a decir Tiyok como si pudiera leer sus pensamientos y alejándola de las herbas–. Se nos acabó el tiempo.

—Pero ve lo que sucedió con la dama de noche –declaró Ilah con el ánimo desolado viendo a su alrededor sus pertenencias calcinadas.

—Te dije que tenías que ser fuerte. La alternativa es efectiva, pero arriesgada –sostuvo Tiyok sin tomar en cuenta las palabras de Ilah–. Tenemos que esperar a que tu madre se estabilice. Debemos cerciorarnos de que contamos con ella para que podamos hacer lo nuestro.

La mañana se fue. En su trascurso, las cosas buscaban ponerse de nueva cuenta en su lugar. Los aldeanos se miraban tristes. Evitaban mirar las cañas destruidas. El silencio de las calles animaba a los herbos a seguir guarecidos en sus casas.

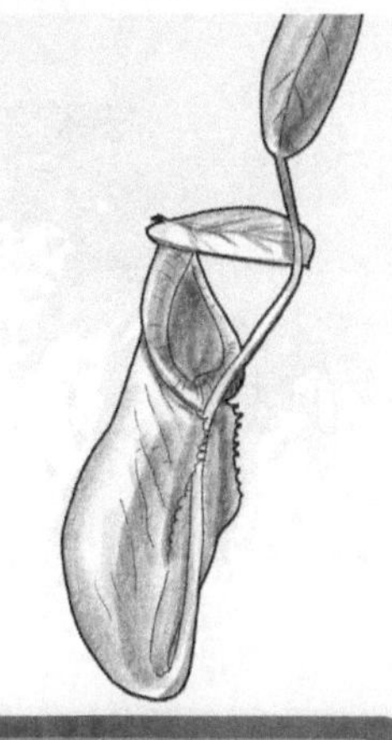

NEPENTES [57]
Nepenthes spp.

Plantas herbáceas, perennes y carnívoras, de hojas grandes en roseta que capturan insectos y otras presas. Tienen un zarcillo en forma de jarra que funciona como trampa que contiene enzimas digestivas para disolver a sus presas. Sus flores no tienen pétalos y producen semillas que dispersa el viento. Dependiendo de la especie será su crecimiento. Existe una gran variedad.

En tanto, los habitalizadores no le habían dado esperanza a Raod de que la casa se recuperara, mientras que la sanadora y la comadrona, finalmente, habían podido estabilizar y curar las heridas de Teza, quien sólo se quejaba sin abrir los ojos. El bebé se había apaciguado, aunque todavía se movía esporádicamente y con brusquedad. Las dos herbas estaban desconcertadas ante esos abruptos movimientos y esperaban el momento propicio para intervenir.

Por su parte, Ilah habían visto con curiosidad cómo Tiyok enviaba una mariposa-correo, a la que le había indicado que volara como las águilas-piricanto. Le pareció que las acentuadas arrugas del viejo manzano se marcaban más por la sombra de la preocupación.

Cuando caía la tarde, un inseguro Moud llegó a la casa de Ilah.

—Ha sido una carrera de caballos-laurel encontrarte. Los herbos de este pueblo dicen no conocerte. Han sido unos cuántos los que me señalaron tu ubicación. Me miraban con desconfianza y enfado. ¿A qué se debe tanto misterio contigo?

—Es una larga historia... que tiene que ver con mi nombre, con mi nacimiento y con mi madre.

—Oh, no fue mi intención... Eh... Veo que llego en mal momento. Tu casa ha sido afectada por el fuego...

—No hemos podido hacer mucho por la casa. Pero eso no importa, mi madre sufrió algunas quemaduras y como está embarazada la situación se ha complicado. Nosotros, como el resto, como tú, también hemos padecido este incendio Moud –dijo Ilah triste, agobiada y preocupada.

—No sé qué decirte, Ilah, lamento lo que está pasando. ¿Puedo ser de ayuda?

—No Moud, gracias...

—Eh, bueno... no quiero sonar ingrato, pero tengo que irme: he pasado casi todo el día buscándote y ahora que te he encontrado tengo que marcharme, pero estaré de vuelta... no sé si más tarde, pero regresaré para ver cómo sigue tu mamá –dijo dando media vuelta, titubeando, y luego bajando la vista para agregar–: Gracias por ayudarme a no sentirme culpable por lo del sueño. Ha sido grato encontrarte.

—Por las mil lunas y sus rayos siniestros, ni lo pienses, ya te dijimos que no fue tu culpa...

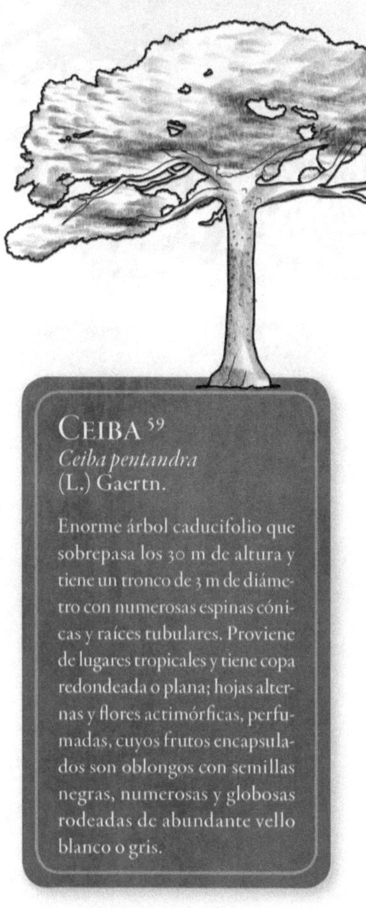

"En todo caso, sería mía..." pensó la diente de león, "por no enfrentar mi miedo, por correr como tonta en mi sueño... ¡Esto es tan agobiante!".

—¡Ilah, no estás sola! –le manifestó el cafeto viéndola fijamente a los ojos– Tal vez tus vecinos no te aprecien ni te ayuden, pero me tienes a mí.

El comentario de Moud le arrancó una sonrisa fugaz y el inmenso pesar que oprimía su pecho pareció diluirse en un verde intenso de alegría. Una carga, una pena, siempre será mejor vivirla acompañada.

La tarde llegó y en el horizonte la Luna Azul se asomó pletórica de rayos. Los herbos del pueblo dejaron de habitalizar las casas afectadas y presurosos se encerraron ahuyentando los negros pensamientos que les había dejado la noche y amanecer anterior.

Tiyok miró al horizonte y con paso lento y decidido se dirigió a Ilah.

—Herba, ha llegado el momento. Dale un beso a tus padres y acompáñame.

—¡¿Cómo que van a salir con la luna en esta fase?! —objetó Raod con la voz accidentada como su cuerpo— Sus rayos estarán destellando luces peligrosas dentro de poco. ¡Miren todo lo que ha ocurrido! ¿Acaso no les parece arriesgado?

—Mi estimado Raod, esta luna nos recuerda que debemos cuidar de todo y que el todo nos cuida. Salimos para hacer bien y debemos sentirnos protegidos.

Ilah bajó la cabeza conteniendo su temor. Sacando valor de su corazón-semilla se volvió para besar a su madre quien apenas pudo parpadear al sentir la piel de su hija. Luego se dirigió hacia su padre y lo besó en su raspada y amoratada frente. Él, por su parte, le abrió las puertas de su interior como si guardara un gran estanque dentro de sí.

—Papá, ha llegado el momento de descubrir si es verdad que el amor lo cura todo.

La fuerza se le escapó a Raod.
Sólo pudo abrazar a su hija y murmurar mientras se le derramaban
las lágrimas de ese gran estanque
que llevaba dentro.

—Confío en ti. Confío en que
así será.

El relator abrió la puerta y sacó
de su túnica de hojas de hule[56],
finamente tejida, una enorme flor
nepentes[57] cuyos pétalos cerrados
mantenían cautivas a una decena de
minúsculas luciérnagas de espinas
de rosal[58]. Con soltura batió la flor
y las tinieblas cedieron mostrando
siluetas de árboles y casas.

Ilah y Tiyok caminaron un rato
en silencio abriéndose paso entre las
enramadas y los arbustos.

—¿Qué te sucede? –le preguntó el relator al verla frotarse
las manos con nerviosismo.

—Siento que algo me persigue...

—¡Escucha! –la alertó el manzano.

El sonido de un eufórico aleteo puso a Ilah y a Tiyok en
alerta; el manzano se colocó al lado de la diente de león para
protegerla. Luego, metió su mano bajo la túnica de hule decidido a usar sus armas si fuera necesario.

Ilah detuvo su paso, colocó sus manos a modo de defensa
y giró su cabeza hacia atrás; sus ojos se encontraron con una
misteriosa silueta que vibraba sin parar.

Tiyok dirigió la flor hacia ella.

—Detente. ¡Es Minea, la libélula de Moud! –exclamó Ilah.

HELECHO [62]

Plantas vasculares pertenecientes a la división de plantas pteridofitas y que se reproducen por esporas (no tienen semillas ni flores). Existen alrededor de 10,000 especies en el mundo. Suelen existir en lugares tropicales, aunque se adaptan a diversos ambientes. Existen helechos acuáticos, epífitos, rupículas, terrestres y arborescentes.

—¿De Moud? —se extrañó Tiyok y buscó al muchacho entre la sombras sin encontrarlo—. Él no está aquí —afirmó y guardó el vientre de escarabajo al ver aletear a la libélula-papiro.

Ilah tomó a la libélula y la abrió para leer de sus alas. Unas letras moradas e intensas, finamente grabadas brillaron mostrando la obsesión que torturaba a Moud.

"Hay algo raro en todo esto, pues no dejo de sentirme responsable por el incendio. Ya me explicaron que no fue mi culpa, pero cuando vi tu preocupación y agobio... no dejaré de disculparme... nunca".

—¿Disculparte? —murmuró Ilah—. Moud no lo necesitas, debes parar de hacerlo.

Y como si el mensaje hubiera anticipado los pensamientos de Ilah, Moud había escrito:

"Lo sé, lo sé, pero no puedo convencerme, y ya no sé qué más hacer. Si tan sólo pudiera ayudarles en algo. Por eso quiero repetirte tanto como pueda que no estás sola, que siempre contarás conmigo".

—Ilah, estamos en busca de respuestas, no puedes entretenerte con trivialidades —le espetó Tiyok interrumpiendo las crecientes emociones de la herba mientras leía.

La joven herba asintió con la cabeza y reanudó la marcha no sin antes acariciarle las alas al insecto y dejarlo ir. Un cúmulo de emociones surcó sus mejillas. Un calor ligero le hizo sudar las manos; se sintió reanimada, acompañada, y con el valor suficiente para enfrentar a la mariposa de alas brillantes. Sus pensamientos se volcaron hacia su hermano:

"Xaih, lucharé para que nazcas, porque hay muchas cosas buenas en Hérbatra por las cuales vivir y quiero que sientas estas emociones que en este momento me hacen seguir adelante. ¡Vive, Xaih! ¡Tienes que vivir!", pensó Ilah apretando los puños y acelerando el paso.

No había transcurrido mucho tiempo cuando se encontraron con la figura de un herbo de segunda naturaleza ceiba[59] encorvado de baja estatura debajo de un árbol ahuehuete[60] frondoso y oscuro; las delgadas ramas que brotaban de su cabeza se confundían con las del árbol, dando como resultado una imagen amorfa y siniestra.

—¡Maestro Rivah! –gritó Tiyok–. Somos nosotros, Tiyok y la herba de la que le he hablado.

La oscura figura de aquel herbo ceiba se flexionó para saludarlos.

El viejo manzano se dirigió hacia él, pero Ilah no caminó.

—¿Qué espera la herba que te acompaña? ¿A que un rayo de luna le quite su identidad y la vuelva una tortuga-acelga[61], pasiva y sin guía en la vida? –gritó con severidad el herbo mientras alzaba una delgada rama que le servía de bastón, con la que dio tres golpes en el suelo y el majestuoso ahuehuete que tenía detrás se abrió contorsionándose y crujiendo terroríficamente.

Ilah tragó saliva y comenzó a avanzar lentamente. Los rayos de la Luna Azul le insuflaron confianza.

Tiyok y el sabio Rivah se introdujeron por la enmarañada entrada arrastrando sus largos trajes de hojas de helecho[62] y de

hule bajo la penumbra del follaje que los cubría de los funestos rayos azules. Ilah iba a tientas, la oscuridad y, principalmente, la fuerza que el Maestro Rivah desprendía, la atemorizaban. ¿Cómo un herbo tan sabio vivía alejado entre tanta oscuridad?

La herba finalmente atravesó la puerta arqueada que aquel árbol había elaborado y que al sentirla en su interior se cerró con sigilo. Al llegar al centro del sombrío recinto, una estancia llena de libros libélulas-papiro secos por los años, la recibió, así como el dueño de la morada que la saludó con una voz queda y susurrada, como atrapada en una garganta por edrenios:

—Que el Habitante del Gran Árbol te llame a su morada.

—*Viviremos en Él* –le respondió Ilah inclinando la cabeza con solemnidad y algo de temor. Enseguida, el anfitrión se dirigió hacia el relator con el rostro cubierto por decenas de hojas.

—Tiyok, me has escrito, te he leído y muy a mi pesar voy a ayudarte. Pero debo preguntarte si estás consciente de los peligros que los acechan, principalmente a esta joven herba si se le revela más de lo que es capaz de cargar, si sigue el camino de los iniciados sin estarlo.

—Lo sé de antemano. Ella ha empezado su preparación, y he decidido auxiliarla y pagar mi deuda Maestro.

—¡Déjate de tonterías, Tiyok! Sabes muy bien que hasta el momento la suerte de esa herba ha sido como el rocío en el

ardiente desierto, pero al entrome-
ternos sería como una lluvia tor-
mentosa que provoca que todas las
semillas sedientas y errantes germi-
nen al mismo tiempo.

—Ella ha sido entrenada. Está
lista. Su intuición es aguda; sabrá
qué hacer –aclaró Tiyok.

Ilah permanecía callada, temerosa, tratando de encontrar empatía en esas palabras y de contener el
valor que huía de ella con sus piernas por delante. Los rayos de la Luna
Azul se diluían perdiendo su efecto
de confianza.

—Recuerdo haberte advertido
de esto, Tiyok. No se puede contener aquello que rueda y cae
por la pendiente. Esta situación debe terminar; no se actuó
como se debía desde el inicio. Has sido débil. Has dejado que
decidan los herbos profanos que nada saben.

—Mi hermano debe vivir –intervino Ilah con osadía.

—Ése es el problema, pequeña entrometida, que tú no
deberías estar aquí. Tú fuiste el inicio. ¿Y si te dijera que es
posible que se pague muy caro el hecho de que viva tu hermano?

El Maestro Rivah dirigió su rostro cubierto de hojas hacia
la herba diente de león, quien sólo tragó saliva al sentir la atención de ese oscuro ser puesta en ella.

—Maestro –intervino Tiyok–, siempre he diferido con
usted sobre lo que dicta la norma y lo que se debe hacer por
el bien de quien lo necesita. He asumido mi responsabilidad
y acompañaré a esta familia hasta el final.

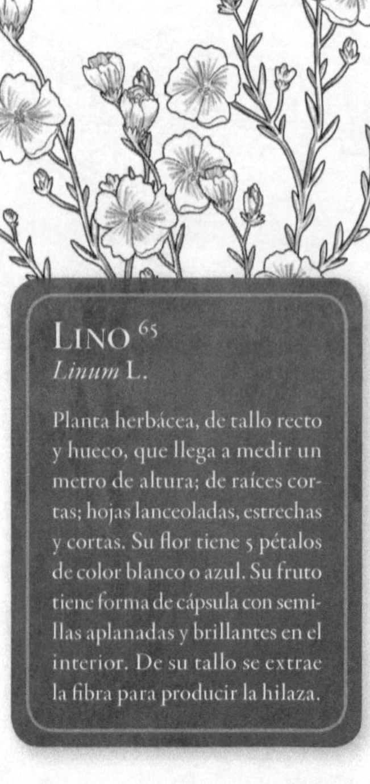

—¡Exacto! Hasta el final de tus días de manzano arrogante –y Rivah lo señaló con su dedo huesudo y deforme–. Tiyok, acuérdate bien de lo que te voy a decir: no habrá de quedarte ni si quiera una hoja en tu osada sesera. El tiempo pasará sobre ti como un río caudaloso y no podrás concluir la misión que decidiste tomar.

—Que sea como deba ser, Maestro –dijo Tiyok con pesar pero también con firmeza, y se dirigió a la diente de león–: Ilah escucha con atención y obedece, de esto dependerá tu vida, las de los que estamos aquí y principalmente la de tu madre y tu hermano.

La herba aceptó con un movimiento de cabeza.

—Cierra los ojos. Escuches lo que escuches, no los abras o todo estará perdido. No te dejes llevar por la oscuridad, ¿comprendes? Todo podría estar perdido sólo por una simple acción.

Ilah sintió un escalofrío al recordar a la dama de noche, a la mariposa y al voraz incendio, y aceptó el reto sintiendo que esta vez sería distinto. Cerró los ojos y pudo sentir con mayor fuerza el temblor que sacudía sus piernas.

El Maestro Rivah sacó de una tela herbalizada a partir de fibras de magnolia⁶³, finamente entrelazadas, un extraño objeto redondo. En cuanto lo tocó un sonido estridente y descompasado surgió.

La diente de león se tambaleó de vértigo y susto.

Rivah se colgó el objeto redondo y brilloso al pecho.

—Ilah, sólo la esperanza da luz en el camino, y Xaih representa eso –Tiyok le susurró a Ilah–. Hoy, de ti dependerá que nazca con vida. Cruza los brazos, dame tu mano derecha y extiende la izquierda hacia el Maestro Rivah.

Ilah obedeció sin abrir los ojos. Alargó las manos, los dedos tibios y lustrosos de Tiyok la recibieron con el cariño y la afabilidad habitual. En cambio, la mano que recibió de Rivah era fría, huesuda y áspera. La sensación de estar frente a un Sin Rostro* le heló la savia de su segunda naturaleza, comprendiendo el motivo por el que las hojas le cubrían el rostro.

—Estamos formado una cadena de voluntades* –expresó sonoramente Tiyok.

—Que nadie la rompa o caerá en un laberinto de sueños interminable. Sujétense o volarán entre la oscuridad de la inconsciencia –les advirtió el Maestro Rivah–. Comencemos.

Ilah no dejaba de temblar.

—La verdad de los tiempos, joven diente de león –le informó el extraño Amante Sin Rostro–, es como las aguas de un profundo mar, y hoy te sumergirás en ellas.

Un estruendo poderoso pareció apoderarse del lugar.

Ilah se comenzaba a preguntar si Rivah tendría una tercera mano escondida para tocar aquel objeto, cuando sintió venir una fuerza parecida a una enorme ola por las manos de sus acompañantes. El súbito golpe del sonido la hizo vibrar.

Un segundo impacto aún más agudo la atravesó sin piedad.

El tercer sonido fue contundente, como un zarpazo. Ilah lo escuchó y sintió cómo su vibración traspasaba sus poros brutalmente llevándosela consigo. De repente todo fue luz.

Ilah se había ido.

Tres veces habían llamado a la puerta y al tercer llamado la puerta se había abierto.

Los maestros fueron jalados por Ilah y con pavor pudieron contemplar, a través de los ojos de ella, el terror de todo un pueblo: la Luna Edrenaria de la Destrucción.

Bajo el acecho de la luna Destructora

EL CIELO TRONABA. LAS nubes antes blancos algodones inmaculados se habían convertido en densas bolas de savia carmesí reventando en un espiral, en un gigantesco y lento remolino que las iba torciendo en su vorágine. Al fondo, la Luna Roja chisporroteaba rayos malsanos.

En la antigua Hérbatra, en una reluciente ciudad de nombre desconocido para Ilah, en una de las múltiples torres homenaje cuyas columnas eran los huesos de un gigantesco animal marino todavía unidos a su columna vertebral, se apilaban los líderes de una muchedumbre atemorizada, pero aguerrida y unida por el influjo de la luna maldita, que esperaba a las puertas del recinto.

La luna emitió un relámpago de luz roja y la multitud rugió de pánico y se preparó para pelear. El clamor parecía llegar hasta los cimientos de la fortaleza.

—¿Por qué su rey no nos dice de una buena vez cómo protegernos de la devastación que dejará esta luna? —resonó una voz entre gritos asfixiantes de temor.

—Él mismo se los ha dicho ya. No están preparados para recibir ese conocimiento —una respuesta firme y aguerrida se dejó escuchar volviéndose eco en las paredes de la amurallada ciudad.

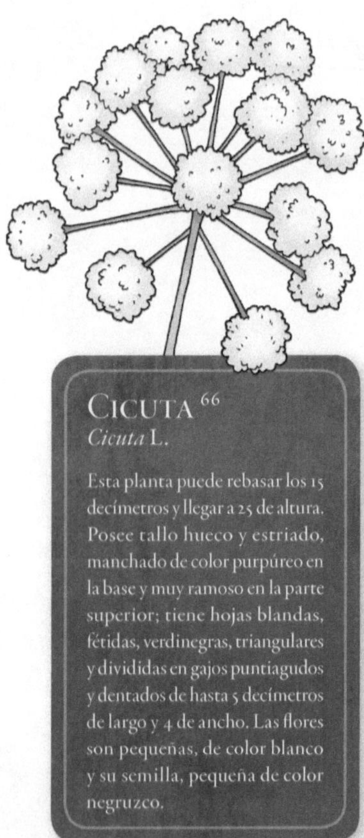

Ilah percibió que la conversación se desvanecía. Se perdía como un rumor.

—Es ella. Mi madre es quien respondió a esa pregunta –declaró presta y con preocupación Ilah.

—Haznos verla –solicitó el Maestro Rivah–, llévanos a donde se encuentra.

Ilah dudó. Por unos instantes no supo cómo actuar. Temblorosa, recordó a la dama de noche y dejó que sus oídos se abrieran y deseó escuchar, y escuchó, abrió sus ojos sin abrirlos y vio. Súbitamente se sintió descender por unas escaleras hasta llegar a un sótano secreto, donde los rayos de las lunas y del sol jamás habían entrado. Pudo sentir la humedad del lugar, el calor sofocante y hasta la admiración de Tiyok cuando el sonido dio paso a la imagen y el manzano pudo ver el techo abovedado surcado de rocas puntiagudas. De forma clara, los tres herbos pudieron contemplar un pequeño islote rodeado de un lago de cristalinas aguas con una gran piedra al centro.

—Mi pueblo ha honrado y amado a tu rey y a los tuyos, pero no ha sido suficiente. Entiende que necesitamos protegernos de esta funesta luna –dijo un herbo que había arrancado su segunda naturaleza, dejando pequeños muñones de la planta acacia[64], y que vestía con una túnica de lino[65] con pequeñas incrustaciones plateadas. Se dirigía a otro herbo de naturaleza tulipán cuyo atuendo era similar pero sin incrustación alguna.

—Eso siempre lo hemos sabido. No en vano hemos realizado alianzas con ustedes a lo largo de los lunios, que nada ha podido quebrantar. Nada, salvo la aparición de esta luna.

—¿Quién habla ahora es tu madre? –pareció afirmar más que preguntar Rivah.

Ilah asintió en silencio y siguió observando, tratando de rescatar los detalles de aquella escena y de entender por qué aquello era tan importante y trascendental como para afectar la actual vida de su familia, principalmente la de su hermano y ella.

—Debe existir alguna forma de que tu rey nos revele la palabra que nos libre de este fin. Algo aún más poderoso que el dolor que ha padecido –inquirió cerrando el puño el cabeza rapada*.

—¿De qué estás hablando? ¿Qué le han hecho a nuestro rey? –cuestionó el herbo de naturaleza tulipán y que Ilah había identificado como Teza en esa vida, un herbo alto, fornido y ojos inquisidores.

—Tú sabes que lo he amado como a un hermano desde niños, pero el tiempo se agota, la luna ya está aquí –dijo el herbo acacia de cabeza rapada señalando al techo con desesperación y gesto distorsionado–. No puedo darle la espalda a mi pueblo. Yo también soy rey, rey de un pueblo que confía en mí.

OLMO [67]
Ulmus L.

Árbol de 20 m con tronco robusto y derecho, de corteza gruesa y resquebrajada, copa ancha y espesa, hojas elípticas o trasovadas, flores precoces de color blanco rojizo y frutos secos de color verde al surgir y amarillentos al madurar.

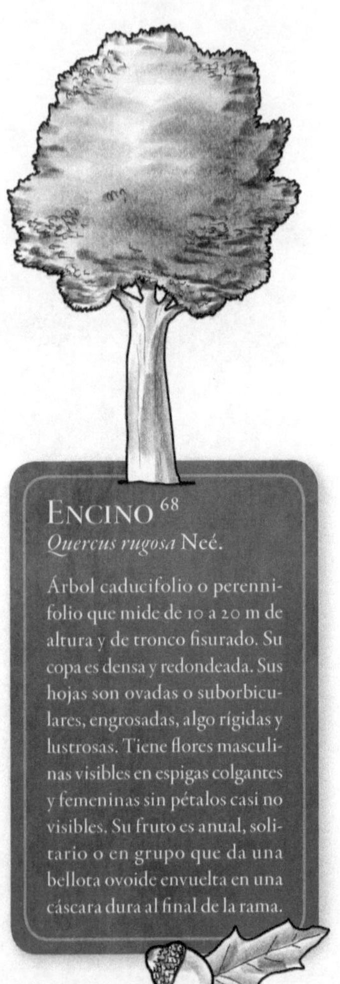

—¡Dime ya! ¿Qué le has hecho? –el herbo tulipán preguntó levantando la voz y apretando los dientes.

—¡Ábrase la última cámara del gran pez*! –ordenó el cabeza rapada a la piedra, y la roca cedió.

Una puerta hecha de delgados huesos brillantes se marcó en la roca y se abrió enterrando en la dura roca uno a uno esos delgados filamentos óseos. La luz de las luciérnagas de espinas de rosal atrapadas en las nepentes que colgaban de las acuosas paredes mostraron una escena que hizo que el herbo tulipán se doblara de rodillas.

En aquella pequeña cueva de asfixiante humedad se encontraba otro rey, un herbo orquídea con varios palillos de metal finamente elaborados perforando su segunda naturaleza: tallos, pétalos y corola, así también incrustados en sus sienes, párpados, cuello, manos y plantas de los pies, con la finalidad de producir dolor constante sin dañar la integridad del cautivo. Aun así, la orquídea en su cabeza en lugar de mostrarse marchita había florecido y emanaba un sublime perfume que generaba tranquilidad, lo cual lo mantenía absorto, perdido en el dolor y sin estar en él. Aunque las zonas lastimadas estaban visiblemente laceradas, en lugar de tener un rictus de dolor, el orquídea mantenía un semblante calmo con una aparente sonrisa de tranquilidad y en contemplación de sus torturas.

—¿Cómo se atreven a hacerle esto? ¿Cómo te atreviste, tú que dices amarlo tanto? –dijo el herbo tulipán, levantándose para ir en su ayuda. Pero no alcanzó a dar paso, pues el herbo de cabeza rapada se le interpuso.

—¿Acaso crees que no siento su pena? Soy hijo del acero. Soy un guerrero. Mi cabeza lo dice todo. Aun así mi corazón-semilla ha sufrido más que cualquier otro al verlo aquí. No tienes idea de cuánto remordimiento y tristeza me ha embargado cada noche desde su cautiverio, casi tan grande como mi propia desesperación y la de mi pueblo –dijo mostrando una blanca dentadura de afilados dientes que parecía brillar en la penumbra–. Aunque no llevemos la misma savia lo considero mi hermano. No tendría por qué pasar por esto. ¡Pero le rogué, le imploré que me ayudara, que nos ayudara, pero se negó! ¡Me retó! –unas incipientes lágrimas no lograron salir de los ojos del guerrero mientras que sus huesudas manos temblaban–. Me debo a mi pueblo y por ello necesitamos la palabra que tan celosamente guarda. Por eso te traje hasta aquí, para que lo convenzas. Para que me digas cómo dejarle de hacer daño y nos dé lo que necesitamos. Si nos lo dices, hoy mismo regresará con ustedes para que curen sus heridas. Me he asegurado de que sólo sienta dolor puro; no le he roto hueso alguno, muy poca savia ha derramado, ha...

CANELA [69]
Cinnamomum verum J. Presl.

Corteza roja y delgada del árbol canelo. Es nativo de Ski Lanka (antes Ceilán), de ahí también su nombre de canela de Ceilán. El árbol es perenne y de 13 m de altura; de hojas lustrosas y flexibles; de flores de 5 mm de diámetro color blanco o amarillo verdoso. Su fruto es una baya alargada negra azulada con una sola semilla. Se debe diferenciar de la canela china (variedad *C. aromaticum, C. Loureioi y C. Burmanii*) que es más gruesa, más barata y contiene más cumarina.

—¡Basta! –interrumpió la encarnación de Teza en ese tiempo– De sobra sé que ustedes son los maestros, los artífices del dolor. Sin embargo, jamás lo traicionaré. Si él no les reveló la palabra maestra* es porque ustedes no han abandonado su sed de savia, sus vetustas costumbres, su despotismo y explotación, sus ansias de violencia y deseo de dominación.

—Mi pueblo no puede morir. No debe morir. ¡¿Qué no ves cómo se está poniendo la luna?! ¡¿Qué alternativa nos queda?! Si no hacemos algo ustedes también sucumbirán. De sobra sé que el uso de la palabra maestra requiere de nuestra colaboración, ¡no podrán hacerle frente a la Luna Roja solos! –el herbo se frotaba la cabeza como si de ese modo pudiera calmar su creciente ansiedad.

—Él siempre me dijo que el mal que conocemos no debía de prevalecer en el mundo. Que cuando surgiera la Luna Roja en nuestros cielos moriría lo viejo y nacería lo nuevo; que era una oportunidad para la renovación. Y sus costumbres nada tienen que ver con el mundo que surgirá.

—¡Eso no lo tienen que dictar ustedes! ¡No tienen derecho a imponer su moral sobre todos los pueblos! –dijo con rabia contenida el cabeza rapada– ¡Ten en cuenta que nosotros los hemos protegido con las mismas armas que tanto aborrecen!

—Cierto, pero él fue quien alcanzó el conocimiento de la palabra maestra y él decide a quién se lo comparte.

—¡Pero nos necesita!

—Tal vez sí, tal vez no.

—Tú... Tú lo has servido desde que eras pequeño. Conoces sus secretos, puedes decirnos cuál es su debilidad –aseveró el cabeza rapada dándole la espalda.

—Ja. Ya te lo dije, jamás lo traicionaré.

—¿No es traición no salvar a ambos reinos de la destrucción? ¿No es traición no compartir la palabra maestra con los aliados que siempre los han protegido de sus enemigos? Sólo te advierto que si no cooperas él sufrirá más dolor del que recibe ahora. Aún tenemos muchas formas de infringirlo que no hemos usado. Morirá antes de que esa maldita Luna Roja nos incinere a todos. No tendrá el placer de ver cumplidos sus anhelos de morir con su gente. Renacerá una y otra vez sabiéndose culpable de un exterminio.

—Eso no es trascendental para él. Cada quién pagará su wodra en el instante indicado. No hay dolor que puedan infringirle que lo quebrante. Él puede ver con los ojos cerrados lo que ustedes nunca verían en varias vidas con los ojos abiertos. Lo que sostiene su conciencia está más allá del alcance de sus abominables artes. No puedo ayudarlos –dijo dando un paso atrás el tulipán ante la mirada desesperada del herbo de cabeza rapada que no dejaba de ir de un lado a otro.

—¿Estás seguro...? –preguntó de forma amenazante y fijando su mirada en el tulipán–. Sé de una manera en que puedo forzarte a ayudarnos. Tal vez la puedas imaginar: la hermana del rey podría ocupar este lugar.

—¿Cómo puedes atreverte si quiera a pensarlo? ¿Acaso no la amas? ¿Crees que no sé lo de ustedes?

El acacia inclinó la cabeza avergonzado. Al borde de las lágrimas.

—Sí, y no soy el único que la ama...

De pronto, Ilah, Tiyok y Rivah vieron revoletear a la mariposa roja que con rapidez se aproximó. La visión comenzó a volverse confusa, abigarrada y sin forma. Y como si la mariposa les cubriera los ojos con sus alas, barrió con la escena esparciendo polvo rojo hasta hacerla desaparecer.

Un repentino dolor en el pecho de Ilah la hizo dar un alarido desgarrado y cavernoso:

—Aaaaagrrrrr.

Ilah se contorsionó violentamente en su cuerpo físico amenazando con soltarse de Rivah y Tiyok.

—¡No te sueltes, herba! ¡Mantén tus manos aferradas por más que gires en la visión! –ordenó el Maestro Rivah–. Tiyok, no la sueltes.

De la garganta de Ilah surgió una sucesión de ensordecedores aullidos, para dar paso a una voz que estremeció a los maestros y que dedujeron provenía del rey torturado.

—¡No podrán arrebatarme la palabra maestra. Hagan lo que hagan, soportaré cualquier tortura! No son dignos del conocimiento. La violencia no prevalecerá en el mundo futuro.

En tanto, la conciencia de Ilah descendía dando vueltas hacia una oscuridad insondable.

—¡Auxilio! Tiyyyyyok. Maestro Rivaaaaaah. ¡Sáquenme de aquí!

El manzano se aferraba a la mano de Ilah al sentir que se le escapaba cada vez que ésta tiraba de él con la fuerza de un tigre-cicuta[66].

—¡Nunca entregaré la palabra maestra a quienes aman la guerra! –repetía la voz que salía de Ilah mientras su cuerpo físico debajo del ahuehuete se seguía sacudiendo violentamente.

—¡Ilah, Ilah! –declaraba Rivah con firmeza–. Niña estúpida. No seas débil. No dejes que te atrape ese recuerdo por más insistente que sea. Tiyok, te lo advertí hemos despertado a la fiera del pasado, ahora estamos a merced de esta herba que se ha perdido en sus recuerdos.

—Ilah, ¿me escuchas? Ilah –gritaba Tiyok, pero ella parecía estar encerrada en un espacio sin sonidos ni imágenes.

—¡Auxilio! ¡Ayuda! –clamaba Ilah desesperada, y en su conmoción gritó las únicas palabras que le daban valor— ¡Xaih, ayúdame!

De repente, en la molida casa de Raod, el vientre de Teza saltó. La sanadora y la comadrona, que ya se habían quedado dormidas al lado de Teza, despertaron asustadas al oír el grito de dolor de la madre. Raudas, se levantaron al creer que entraba en labor de parto. Sin embargo, ambas se miraron recelosas al ver las contorsiones de la madre. Eso no era usual. El terror las embargó; nunca habían visto un vientre moverse vertiginosamente.

Road las apremió a que prepararan lo necesario para el inminente nacimiento, mientras Teza lloraba de forma inconsciente por el dolor.

Algo lejos de ahí, donde las llamas no habían alcanzado las casas, Moud dormía intranquilo. Los eventos del día lo habían agotado. En sus sueños, veía una y otra vez el incendio hasta que una vocecilla suave lo sacó de aquella vorágine.

—¡Moud! ¡Moud!

El cafeto escuchó una y otra vez su nombre, y como si su nombre fuera un camino, su sueño en llamas se convirtió en una oscuridad densa, sofocante. Y ahí fue donde la escuchó:

—¡Auxilio!

Un atisbO
de
Esperanza

Repentinamente, Teza se levantó de su lecho y amenazante se colocó frente a su esposo con la expresión de una víbora-olmo[67] a punto de atacar a su presa. Las herbas al cuidado de ella se apartaron temerosas de esos ojos que parecían capaces de atravesar sus almas.

Raod sintió que su esposa iba a atacarlo, pero sucedió lo contrario: las manos de Teza sujetaron su propio cuello frente a las miradas aterradas y perturbadas de su esposo y de las herbas.

—¡Noooooooo! –el herbo venció su parálisis inicial y saltó consternado hacia ella tratando de separar sus brazos– ¡¡Teza, despierta!! ¡No sabes lo que estás haciendo!

Una voz desolada e inconsolable salió de la boca de Teza:

—¿Cómo pude traicionar a mi rey? ¡He sido influenciado por un mal rayo de la Luna Roja!

—¡Despierta amor! ¿Qué estás haciendo? ¿Qué estás diciendo?

Raod forcejeaba con ella sin que consiguiera liberar el cuello de aquellas manos que parecían actuar por voluntad propia haciendo que Teza dejara poco a poco de respirar.

—¡Nooooo! ¡Noooo! –clamaba mientras intentaba romper el cerco de sus muñecas que como serpientes furiosas no dejaban de estrangularla.

La comadrona más vieja de naturaleza petunia se envalentonó y se aproximó para ayudar a Raod, pero fue recibida con un brutal golpe que la hizo dar contra la pared. La sanadora joven de naturaleza epazote fue a levantarla y exclamó aterrorizada:

—Por el Morador del Gran Árbol, ¡cuánta razón tenían al decir que no viniéramos a ayudar a estos herbos de poca luz! ¡Cuánto mal nos está trayendo este niño! Es igual o peor que la hermana.

En tanto, en el bosque, Rivah había logrado abrir sus ojos externos y se encontraba libre del torbellino de imágenes que amenazaba con ahogarlos en el pasado y la oscuridad. Tiyok lidiaba con las sacudidas de la diente de león y todavía no lograba salir del trance al que Ilah los había inducido.

—Dirijan su conciencia al presente. Abran los ojos sosteniendo la cadena –el Sin Rostro apresuró a Ilah y a Tiyok.

—Sáquenme de aquí –gritaba la diente de león desesperada desde su oscuridad mientras su cuerpo físico se movía de un lado a otro.

—Sigan mi voz –les insistía Rivah una y otra vez pero Ilah no dejaba de gritar.

—¡Sáquenme! ¡Auxilio!

—¿Dónde estás Ilah? –preguntaba el viejo manzano.

—Ella está cayendo cada vez más hondo en su oscuridad y no puede escucharnos. Sigue mi voz, Tiyok. Estando los dos despiertos encontraremos la manera de traerla al presente. De lo contrario, te arrastrará, romperá la cadena y quedarán los dos atrapados en la visión de ese pasado.

Tiyok escuchaba las indicaciones de su Maestro como si se tratara de un rumor, de un eco lejano, escurridizo y apenas comprensible, mientras trataba desesperadamente de abrir sus ojos físicos, pero la oscuridad en la que Ilah se encontraba envuelta tiraba de su atención y sus párpados le pesaban como las puertas de una gigantesca muralla.

—Tiyok abre tus ojos interiores si no puedes abrir los terrenales y contempla cómo pasa el tornado del tiempo sin dejar que te sacuda. Sigue mi voz.

Tiyok se concentró y comenzó a sentir cómo la muralla que tenía inmovilizados sus ojos físicos comenzó a caer frente a él lentamente. Las dos visiones convivían en su mente como si se encimaran, como si los objetos del mundo físico se sobrepusieran a los del ensueño. De repente, un voraz tornado de fuego apareció frente a él amenazando con tragárselo. Sombras enormes intentaban huir del tornado, números iluminados de diversos colores, centellas y relámpagos vibrantes escapaban. Las imágenes le parecieron más puras y nítidas, por lo que se atrevió a levantar la vista; ahí estaba, en la cumbre, la carmesí luna, simétrica, descomunal y aterradora.

—Tal como la describieron los eruditos de las lunas... –balbuceó.

—No te distraigas en tus propias ensoñaciones o quedarás atrapado en ellas –le advirtió el Maestro Rivah–. Recuerda que tus manos son parte de una cadena, y que si la rompemos, Ilah jamás podrá regresar y aquello que la ata al pasado habrá vencido. Ahora, abre tus ojos físicos.

De pronto, Tiyok vio cómo el poderoso vendaval se iba deteniendo hasta quedar inmóvil. Sólo una fuerza mayor podría lograr tal hazaña.

Rivah sintió una ráfaga fría e intuyó que se acercaba un peligro.

Una carcajada hueca se escuchó en el devastador escenario que Tiyok tenía frente a sí. Como si se hubiese desprendido del fondo de una pintura, surgió la mariposa de alas rojas: bella, perfecta con brillantes grabados en sus alas. Ambos la vieron pasmados desde las realidades que percibían y supieron de inmediato lo que vendría a continuación.

—Cierro mis ojos con el número perfecto. Cierro las puertas de mi cuerpo con el número perfecto. Cierro las puertas de mi mente con el número perfecto. Cierro las puertas de mi alma con el número... –comenzaron a clamar los Maestros al unísono lo más rápido que podían. La risa sonó de nuevo de forma ensordecedora. El tiempo se detuvo tal cual remolino disipado precipitadamente. Las mentes de los Maestros cayeron sobre ese escenario a medio terminar y estático. Tiyok sintió la caída y apenas pudo correr entre la trastornada muchedumbre de la torre, refugiándose en la visión de aquel pasado remoto. Pero el Sin Rostro, con sus ojos casi ciegos, acostumbrados a ver lo invisible, no logró desenganchar su vista de la mariposa y, por primera vez en muchos lunios, Rivah volvió a sentir temor.

—Cierro mis ojos con el número perfecto... –insistió una vez más el ceiba.

De pronto, la puerta reluciente de madera de encino[68] que tantas veces se le había presentado en sus visiones y que siempre había evadido, apareció a su costado. La situación era decisiva: o ingresaba por ella o sucumbía ante los polvos de la mariposa. El viejo herbo dudó pero no tuvo que decidir: la puerta se abrió y lo succionó inevitablemente como si fuera su tumba.

Rivah abrió los ojos y volvió a ver el mundo como un día lo vieron sus azuladas pupilas. Color y forma tenían esa gracia plana que da la visión terrenal. Se vio en otro tiempo como un Amante del Templo Raíz. Sintió correr por su cuerpo rejuvenecido la ambición de ser el Supremo Amante.

Descubrió que había sometido a muchos para alcanzar su objetivo y que su camino había sido el de la traición. Una de ellas había cobrado una víctima; la savia roja de un corazón-semilla había manchado sus propias manos. Pudo revivir su sed de poder y la frialdad de su actuar cuando lanzó aquel órgano al Abismo de las bestias, y cómo su alma se regocijaba sin piedad cuando declararon culpable a su mejor discípulo por el crimen que él había cometido.

El conjunto de imágenes comenzaron a trastocar la memoria del anciano, pero hubo una que cimbró su alma hasta hacerle grietas: vio entre las sombras a su antiguo discípulo, al herbo que lo había apreciado con devoción y respeto, y que estaba en una celda por su ambición. Lo reconoció con otro cuerpo y naturaleza: "¡Tiyok!".

Supo de inmediato que esa aturdida alma había trascendido aquella vida y que había renacido de nueva cuenta para que él saldara su deuda.

Rivah sintió que su corazón-semilla tan férreo y ortodoxo se resquebrajaba y, a su vez, la luz se iba definitivamente de sus pupilas tanto en la visión como en su cuerpo físico; al fin le sucedía lo que a todos los Sin Rostro antes de tener alas: volverse Amantes ciegos*. La última puerta de su conciencia, la que tanto había evitado, había sido abierta, y sin piedad alcanzaba el rango de los Amantes que volaban, sabiendo que sus propios lazos ancestrales aún lo perseguían hasta esa vida. Supo también que la culpa y la tristeza evitarían que le crecieran las alas. Derrotado, cayó de rodillas; las arrugas se le acentuaron en su rostro y la carne se le colgó de los huesos.

De pronto, una voz que lo llamaba con urgencia distorsionó sus pensamientos.

—¿Qué le sucede Maestro? ¿Acaso pretende romper usted mismo la cadena?

Tiyok había evadido a la mariposa.

—Hay cadenas que debemos romper –exclamó el Sin Rostro aún inmerso en sus revelaciones y levantando sus ojos sin vida hacia la nada.

Tiyok se sorprendió y se aterrorizó al sentir desde su ensoñación la mirada vacía de su Maestro.

—Maestro Rivah, lo único que puede romper nuestras cadenas de unidad son nuestras imperfecciones. ¡Y yo jamás soltaré la mano que sostengo! ¡Ni en esta vida ni en ninguna otra! ¡Ni por esta maldita mariposa!

—¡Cállate! –le espetó el Sin Rostro ocultando sus sentimientos detrás de un muro de seriedad y rigidez.

Tiyok sintió una ráfaga de frialdad en aquella voz y sin más abrió los ojos de su cuerpo físico. Dos enormes alas rojas recibieron su despertar.

—¿Qué hiciste? –lo reprendió Rivah intuyendo con certeza lo que había hecho el viejo manzano.

Tiyok evadió el acecho de la mariposa girando rápidamente su cabeza y cerrando los ojos de nuevo.

Ante la imposibilidad de introducirse por sus ojos, la mariposa se pegó a su pecho como si quisiera meterse por su piel para asfixiar su corazón-semilla.

—¡¡Aaaaaggggg!! –Tiyok soltó un sonoro alarido.

El herbo sentía como si lo abrazara un ser hecho de fuego. Se doblaba de dolor, pero no dejaba de aferrarse a las manos de Rivah y de Ilah.

—¡¡Aaaaagggggg!!

Repentinamente dejó de sentir aquel brutal ataque e intuyó lo que estaba sucediendo.

La mariposa se elevaba amenazante sobre Ilah.

Tiyok no dudó en cubrirla con su lesionado cuerpo, pero sin dejar de hacer la cadena.

—Ahhhhhh –un alarido sofocado salió de la boca del relator. Una punzada dolorosa y tan caliente como el agua hirviendo lo atravesó. Presa de su sufrimiento, Tiyok se postró sobre el suelo al borde de la inconciencia, y cuando estaba a punto de soltarse, la mano de Ilah lo sostuvo con firmeza.

—¿Moud? –pronunció la diente de león con esperanza.

La imagen del cafeto iluminó la oscuridad en la que se encontraba. Él tiró de su mano y ella fue recuperando la conciencia de sí misma. Cuando entornó de nuevo los ojos se vio de regreso en la torre; el fuego y la destrucción la rodeaban debajo de la Luna Roja paralizada. El cafeto flotaba como un espejismo con los párpados entreabiertos, como si la gravedad de su propio sueño lo reclamara.

—Moud, Moud –le gritó pero él no parecía escucharla.

—Nunca estarás sola –balbuceaba el muchacho a medio dormir.

—¡Moud! –exclamó Ilah llorando–. Creo que ya es tarde… Creo que ya no podré volver.

El espejismo de su amigo empezó a desvanecerse, y ella sintió crecer una gran desesperación.

—¡Xaih, Xaih, Xaih! –clamó a gritos, pero no ocurrió nada en aquel funesto y cataléptico paisaje– He fracasado. Mi hermano está muerto, y yo con él en esta realidad.

—No, Ilah –la contrarió Moud en medio de un tenue arcoíris que se diluía sobre la fortaleza–. Ha sido la voz de un pequeño la que me guio hasta ti.

El rostro de la diente de león se iluminó. Respiró profundo y vibró de alegría, de esperanza. Al poco tiempo volvió a sentir las manos de Tiyok y de Rivah. Cuando buscó de nuevo a Moud, éste se había ido.

En tanto, en la casa de la herba diente de león los acontecimientos tomaban otro curso. En el forcejeo y sujeción, Raod sintió un par de pataleos en el vientre de Teza.

—¡Es mi hijo! –afirmó–. ¡No quiere que te lastimes!
¡Quiere nacer! ¡Vivir!

—Arggggg. Él no nacerá –una voz hueca y ronca salió de
la boca de Teza–. No debe nacer.

Raod sintió que un torrente de enojo le subía a la cabeza.
Aceptaba que su esposa soñara cosas extrañas crueles, pero
¿cómo podían palabras tan terribles salir de su boca? Quien
hablaba no era su Teza.

Ella se percató del enojo de Raod y sus manos rápidamente
cambiaron su objetivo de ataque.

—¡¡Tú le causaste todo este dolor a nuestro rey!! –gritó
la ronca voz y sus manos comenzaron a golpear su vientre.

—Noooooo –gritó Raod abalanzándose sobre ella.

"¡Craaaek!", su quijada crujió y él cayó al suelo al recibir
un golpe de Teza.

—¡Sí! Yo fui quien te dijo cómo extraerle la palabra maestra…, aunque te había dicho que nunca lo haría. Sí, yo lo traicioné, pero tú lo traicionaste primero –hablaba Teza mientras
sus puños chocaban frenéticamente contra su indefenso vientre.

Raod, a pesar de su dolor, no se acobardó, se levantó y se
abrazó al vientre de la herba para proteger a su hijo.

—¡Xaih!, hijo. Estoy aquí, estoy cerca hijito. Resiste pequeño
–dijo recibiendo los golpes de la herba con fortaleza–. Xaih,
ven a este mundo, ¡yo te protegeré! Xaih…

—¡¡Grraaaaaaaaa!! –un fuerte alarido surgió de las entrañas de Teza. Sus puños dejaron de atacar a Xaih y a Raod, y sus
brazos se mantuvieron tensos durante unos segundos a la altura
de sus hombros; un creciente poder proveniente del interior
de la herba los detuvo impidiendo que siguiera golpeándose.

Las herbas, petunia y epazote, consternadas no pudieron
más con las aterradoras escenas que estaban presenciando
y salieron aullando de miedo de la casa. No alcanzaron a

escuchar la voz cálida y suplicante de Teza que, por unos instantes, despertó para implorar ayuda.

—Mi amor... Mi amor... Ayúdame a despertar por lo que más quieras. Soy prisionera de estos sueños malditos –dijo abriendo completamente sus ojos verdes, brillantes e inundándolos de lágrimas. No encuentro como liberarme... Perdóname. Que nuestros hijos me perdonen.

—Mi amada Teza. Quédate conmigo, ya no te vayas. No nos dejes –le suplicó Raod colmándola de besos, rodeándola como si sus brazos pudieran abarcar la inmensidad del amor que sentía por ella–. Aférrate Teza. Por nuestro hijo, no te dejes vencer.

Sin embargo, la herba no pudo sostener su conciencia y se la llevaron sus sueños, como un viento tormentoso a las hojas secas del campo.

—¡Deja de proteger a quien torturó a mi rey! –dejó escapar la boca de Teza.

—No, Teza, ¿por qué me dejas? –gritó Raod desesperado.

Raod no estaba preparado para aquello que recibiría. Y como si en un recuerdo pudiera caber todo el odio acumulado en decenas de lunios de silencio, como si los sueños no pudieran contenerse en una mente, la herba dejó salir de su boca un resplandor rojo, como el de aquella luna que veía dormida. La luz alcanzó a Road.

En un instante, el herbo sintió que sus entrañas se quemaban, que sus fuerzas físicas y espirituales se evaporaban en aquel calor volcánico; y con su último aliento aún pudo murmurar:

—Xaih, nace ya. No queda más tiempo.

Un relámpago parpadeó en el cielo mancillado que Teza soñaba. Al mismo tiempo, agua y savia roja cubrieron el suelo de la habitación. La Luna Azul antes completa en lo alto parecía haberse fracturado en dos.

Antes de cerrar los ojos, Raod supo que Xaih lo había escuchado.

Los restos de la BATALLA

N LA CASA DE Ilah resonaba el llanto de un recién
nacido que, pese a todo, llegaba al mundo con el cuerpo
frágil pero con una determinación inquebrantable por vivir.

Xaih lloraba al no encontrar el tierno calor de su madre,
la dulzura de sus manos y el alimento de su pecho. El miedo
ante un mundo desconocido atenazaba su tierno corazón-semilla y lo hacía gritar con mayor fuerza.

Raod permanecía inconsciente en una esquina de la
habitación con apenas latidos en su corazón-semilla. Teza,
por su parte, comenzaba a despertar de su nefasto sueño.
Cuando pudo recobrar algo de fuerza, se giró para alcanzar y abrazar a su pequeño. En el instante justo en el que lo
tocó, Xaih dejó de llorar y la revelación que la atormentaba
se aclaró y, como si hubiera amanecido en su memoria, pudo
ver que en aquella antigua vida había traicionado a su rey al
revelarle al soberano de cabeza rapada la forma de romper el
cerco de su mente para acceder a la palabra que celosamente
guardaba. También supo que lo había hecho por amor, que
había preferido quebrantar su lealtad antes de ver a la hermana del rey, la herba que tanto adoraba desde su silencio,
sometida a tortura. Las imágenes eran nítidas, llenas de una

escarcha roja proveniente de la mariposa herida que parecía agonizar en ese tiempo.

La última imagen le sacó una sonrisa: vio el alma de aquella herba a la que tanto había amado y protegido renacer en Ilah. Agradecida y convencida de que Xaih era el generador de tal portento, al fin pudo descansar, y con regocijo, abrazó a su pequeño, mientras le daba tiernos besos de alegría y bienvenida.

—Gracias, Xaih.

En tanto, no muy lejos de la tierna escena, la mariposa reptaba lentamente desde un rincón de la habitación después de haber perdido un ala. Xaih, a través de su madre, se la había arrancado al impedir que golpeara con mayor dureza a su padre. Ahora el poder del insecto se veía menguado. No había podido evitar que naciera el pequeño, tampoco había podido ocultarle la verdad a Teza, a Ilah y Tiyok, pero seguía siendo poderosa y con sigilo se aproximaba al recién nacido.

En eso, Ilah, que ya había abierto los ojos en el mundo físico, se encontró con un medallón en sus manos. El Maestro Rivah se lo había puesto sin decir una palabra en cuanto la sintió despierta. Al verlo, Ilah supo lo que tenía que hacer y sin decir más salió corriendo del lugar. Las entreveradas raíces del árbol de hule cedieron a su paso sin orden alguna y la maleza se hizo a un lado ante su presencia. Sus pies parecían volar. De súbito, un dolor punzante la hizo caer. Temió que un animal la hubiera picado, pero no vio nada. Se palpó la pierna sin encontrar herida alguna, savia o el aguijón del animal. Un mareo y un dolor intenso le hicieron pensar que el veneno corría por su cuerpo. Se levantó y reemprendió la marcha, angustiada, sabiéndose herida, temiendo morir.

Cuando llegó al valle, la oscuridad del pueblo la sorprendió. La Luna Azul de ese ciclo parecía haberse quebrado y ensombrecido misteriosamente. Una sensación de fiebre desbordante la sobrecogió y la hizo ver doble. El miedo hizo temblar sus piernas y sus filamentos volaron aún más cuando vio entre las sombras su casa abierta y la oscuridad habitándola.

Sobreponiéndose al dolor corrió y gritó:

—Este dolor no es mío… no es mío.

En tanto, bajo el ahuehuete el Sin Rostro se acercó a su viejo discípulo y lo trató de levantar.

—Aún te quedan muchas lunas, Tiyok. Esto no ha terminado.

—Para su fiel y eterno discípulo, sí –el manzano hablaba con firmeza a pesar del deplorable estado en el que se encontraba–. Un mal rayo me ha atravesado. Será el inicio del fin. Sólo le pido que cuide a Ilah y a Xaih. Ella ya sabe el camino, pero me temo que el herbo lo tendrá más difícil. Mientras la mariposa me hería pude ver que el olvido y la tragedia lo acecharán si logra vivir. Prométame Maestro que los guiará y que cuando llegué el momento ayudará a Xaih a que cumpla su misión.

Rivah dio unas palmadas a su discípulo con un dejo de tristeza.

—Una puerta se abrió en mi conciencia, y yo también pude ver algunos sucesos: en otra vida. Se me reveló que yo te traicioné y provoqué tu muerte, Tiyok.

—Ya lo sabía, Maestro, y lo he perdonado.

Rivah no pareció sorprenderse y con voz temblorosa enunció:

—Un Sin Rostro levanta el vuelo y pide la ofrenda que todos los herbos deben dar al habitante del Gran Árbol, pues ésa es su tarea. Sin embargo, a mí no me han crecido las alas, la carga de mi pasado me impide elevarme. Por lo que estaré anclado a tu destino y al de los tuyos, y me perderé en este mundo al no poder trascender.

—Cuide de ellos Maestro –alcanzó a suplicar Tiyok antes de desvanecerse.

Teza sintió una presencia en la habitación y súbitamente despertó de su letargo en el húmedo suelo con su niño en brazos. Pero su paz pasó a miedo y terror al encontrarse con el rostro lleno de odio de Ilah, que amenazante levantaba su pie como si fuera a aplastar su cabeza.

—Ilah detente, ¿qué pretendes hacer?

No hubo tiempo para más palabras, la diente de león dejó caer su pie con fuerza al tiempo que sonaba un ruido estridente convulsionándolo todo. Teza sólo tuvo tiempo de apretar los párpados tan fuerte como sujetaba a su pequeño contra su pecho.

—Crash, Broiwwwwwiiiing.

El crujido fue breve. El sonido proveniente del medallón fue largo y permaneció rebotando en las dañadas paredes de la casa. Con lentitud, dejó de vibrar en la mano de Ilah.

Poco a poco la luna volvió a su normalidad en el cielo de la aldea: su aparente fractura quedó resanada y su luz destelló con fuerza. El viento sopló, se coló en la habitación y barrió con empeño los restos rojizos de la mariposa aplastada.

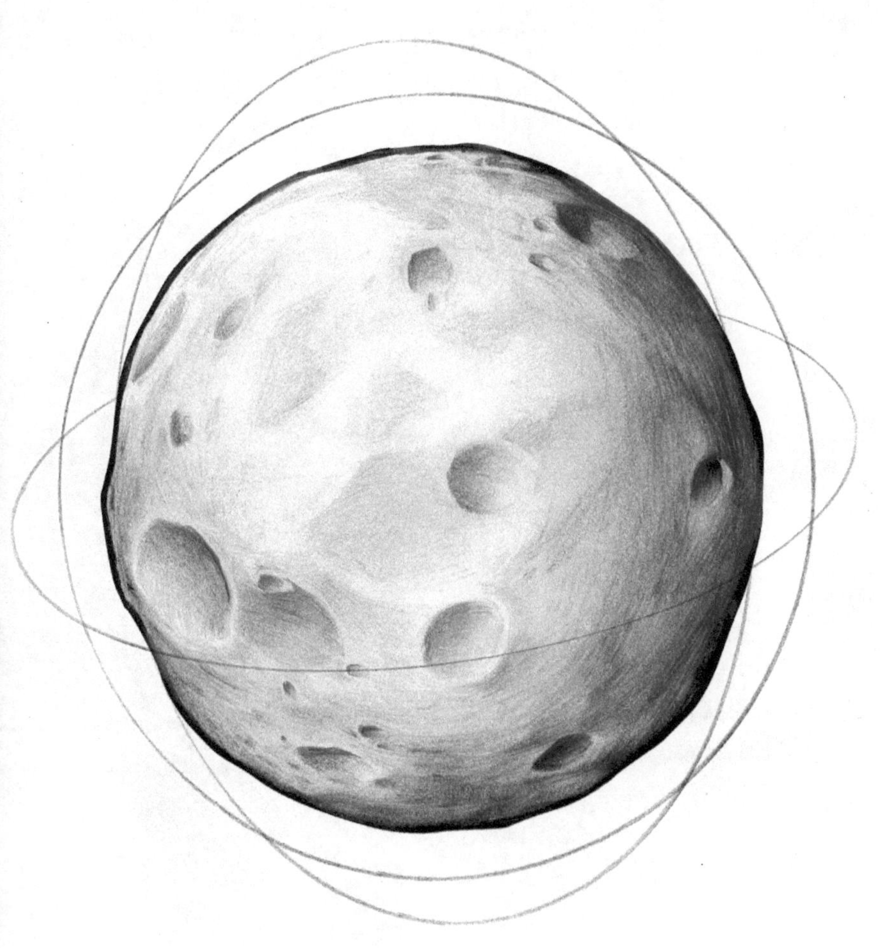

EPÍLOGO

EL VUELO
DE LA
LIBÉLULA

Se me ha hecho tarde. ¿Me han esperado mucho? ¿Cómo está tu hermano, tu mamá y tu papá? ¿Y tú, cómo sigues?

—Sí, te estábamos esperando Moud, pero tranquilízate. También nosotros estamos retrasados porque Xaih no despertaba. Nos preocupamos mucho... ya sabes... mi hermano no deja de darnos sustos... Por momentos se ve débil, tan frágil...

—Pero ¿está bien? ¿Ya abrió los ojos?

—No los ha abierto aún aunque despertó dando sonoros gritos, tenía mucha hambre. Mi madre estaba considerando cancelar la salida porque aún se siente débil. Así que no te preocupes por el retraso –dijo Ilah sonriendo.

—Maravilloso –declaró el cafeto pero enseguida se llevó las manos a la cara–. Digo... no es que me alegre por lo que ocurre pero de algún modo gané tiempo.

Ilah se le quedó viendo de manera inquisitiva.

—Lo que pasa es que se me quemó la comida y Rodah me entretuvo con sus regaños que en estos días se han hecho frecuentes. Dice que no pongo atención a lo que hago por pensar en... ti... vaya, creo que estoy hablando de más.

—Eres muy divertido Moud –dijo Ilah con una sonrisa suspicaz.

—¿De verdad lo crees? –preguntó sonrojado–. Por cierto, ¿cómo sigue tu pie?

—No fue nada… creo que sólo me torcí… –dijo Ilah escondiéndolo.

Moud la vio con curiosidad y cuando iba a objetar, Raod se metió en la charla mientras bajaba las escaleras.

—Moud, qué bueno que nos acompañas. En la cocina hay una canasta repleta de comida. ¿Cuento contigo, verdad muchacho, para llevar esas ligerísimas cosas?

—Sí señor –le contestó diligente el cafeto, pero se arrepintió cuando vio la canasta.

—Papá, ¿te sientes bien? No sueles dejar que nadie más haga lo que tú sueles hacer.

—Estoy mejor que una lechuza-canela[69], es sólo que tu hermano pesa mucho y hay que ayudar a tu madre que todavía está débil.

—Creo que no tengo otra opción más que creerte, ¿verdad?

Raod se aproximó a su hija y le dio un beso en sus largos filamentos de diente de león evitando mirarla a los ojos.

Ilah, por su parte, no pudo evitar darse cuenta de lo oscuras que estaban las ojeras de su padre y lo delgados que estaban sus dedos.

Cuando llegaron a la orilla del río, Teza, recuperada de los sueños, sostenía amorosamente a Xaih en sus brazos mientras se zambullía lentamente hasta que el agua cubrió el cuello del niño sin que él se percatara.

—¿Qué le dan de comer a este pequeño herbo? ¿Qué acaso no sabe que el agua es sagrada y es para chapotear? –objetó Moud al ver dormir plácidamente a Xaih–. Miren, no despierta.

—Es un bebé, Moud, ya deja de molestarlo —le dijo Ilah dándole un codazo.

Ilah fue a sentarse junto a Teza y se quedó observando las mejillas rojizas de su hermano como quien contempla un milagro. Los ojos de la herba orquídea brillaban sobre él como dos húmedos y tiernos soles verdes. Xaih dormía alumbrado por el rostro de su madre como si su alma estuviera sellada. Lucía lejano e ignorante a las duras batallas que su familia había lidiado.

Moud se acercó a Ilah en silencio y se atrevió a colocar su mano en su hombro. Ilah al sentirlo recostó su cabeza en los dedos de él, quien sin saber qué otra cosa decir murmuró:

—Quiero ver cuando Xaih abra sus ojos.

—No sabemos si los abrirá hoy o lo hará en algunas lunas más —afirmó Teza—. Los niños son así.

—Este pequeño guerrero abrió los ojos antes de nacer —intervino Tiyok abriéndose paso en el río, acompañado por Raod—. Su conciencia ha estado despierta desde hace mucho tiempo.

—Maestro Tiyok, ¡está a salvo! —exclamó Ilah acudiendo a su encuentro seguida de Moud.

—Las lunas decidieron que aún no ha llegado el momento de mi partida.

—¡Xaih ha abierto los ojos! ¡Vengan a ver qué hermosos son! —gritó repentinamente Teza extasiada.

—¿En serio? —dijo Moud y, dirigiéndose a Ilah, exclamó—: Espero que sean tan lindos como los tuyos.

Ilah se sonrojó y lo vio correr hasta su hermano que se acurrucaba en los brazos de su madre.

Todos parecían regocijarse con aquella primera cálida mirada del pequeño.

El sonido de un eufórico aleteo les arrebató un murmullo de sorpresa.

—¡Es Minea, mi libélula! –exclamó Moud yendo hacia donde se encontraba el insecto.

—¿Qué hace aquí? –preguntó Ilah reuniéndose con él.

—¿Recuerdas que me dijiste que te gustaba? –le preguntó el muchacho a su amiga.

Ilah asintió en silencio.

—Se lo hice saber a mi modo. Creo que por eso está aquí. Eh, me gustaría… que… de ahora en adelante, quiero… quiero… –dijo rápidamente y atropellando sus palabras–. Quiero que nos pertenezca a… a los doosss.

La diente de león no supo qué decir, su corazón-semilla se llenó de felicidad. Nadie había tenido un gesto semejante para con ella.

—Me gustaría que me contaras tu historia, esa de la que todos murmuran y… bueno… que ambos escribiéramos nuestras vidas en sus alas. Eh… para ser más franco me gustaría que tuviéramos una historia… juntos.

La joven herba miró a Moud a los ojos y se le fueron las palabras de la boca. Sólo fue capaz de pronunciar un escueto…

—Gracias…

Moud se desencajó al ver la tímida reacción de Ilah y le preguntó con un dejo de tristeza:

—¿No… no te gusta mi idea?

Ella inspiró un mar de aire, lo retuvo unos instantes y luego lo exhaló en un largo suspiro que la hizo soltar los hombros, acarició las hojas de café que brotaban en la cabeza del herbo y lo abrazó con fuerza.

Moud sonrió.

La libélula se elevó y decidió sobrevolar al pequeño herbo. Xaih la veía extasiado, alegrando a todos con su primera e inocente sonrisa, que, como un viento amoroso y dulce, barría sus penas. Teza y Raod empezaron a cantar alegremente. Ilah se unió al regocijo con el corazón-semilla latiendo fuerte, contento de que su familia estuviera reunida. En su mente le habló al viento, al espíritu que habitaba del otro lado del Puente del Abandono: "Gracias por esto, Morador del Gran Árbol. Mi hermano nació para que todos pagáramos nuestras antiguas deudas con amor y yo sé que un día las alas de una libélula como ésta contarán su historia".

Glosario

Amantes. Refiere a aquellos herbos que han tomado votos de obediencia y amor al espíritu que habita en el Gran Árbol.

Amantes Ciegos. Otra forma de llamar a los Sin Rostro.

Amantes errantes. Amantes sin especialización que van de poblado en poblado en busca de los sitios en donde cayeron cierto tipo de rayos de luna y de los herbos afectados por éstos con el fin de incrementar su conocimiento. Los hay con Evall, es decir, que cuentan con un escarabajo capaz de abrir la puerta del Templo Raíz y ser bienvenidos en él, por lo general todo Amante tiene uno; y los que no tienen Evall, a estos Amantes se les retiró al ser expulsados de la orden debido a su desobediencia.

Amante observador de los astros. Herbos que se ordenaron como Amantes y que se especializan en el estudio de las lunas, sus fases y sus rayos. La mayoría se dedica a estudiar una sola luna, por lo que existen diversos grados, como el de Gran Amante observador de la Luna Ocre.

Amantes sin Evall. Desde que un herbo se convierte en Aprendiz se le da una larva de escarabajo-Evall para que la cuide y la haga crecer de acuerdo con los dictados de las lunas y los intereses de su corazón-semilla. Cuando se ordenan Amantes tienen la obligación de portarlo en la cabeza dentro del Templo. Sin embargo, cuando desacatan las órdenes y normas del Templo Raíz o cometen algún acto en contra del bienestar de los Amantes les es retirado. Estos Amantes son buscados a menudo por los herbos enfermos por algún rayo de luna cuyos padecimientos no han sido curados o detenidos por los Amantes del Templo Raíz con el fin de que les encuentren una cura.

Cabeza rapada. En la edad previa a los siete reinos de Hérbatra existían dos reinos: Harad, el de los guerreros, y Onis, el de los sabios. Los guerreros, a diferencia del pueblo de los sabios, tenían la obligación de cortar y rapar su segunda naturaleza después de su primer batalla como un acto de valor y fuerza y, principalmente, como ofrenda a las lunas, pues creían que con ello podían atraer a los mejores rayos a lo largo de sus vidas.

Cacaos dorados. Granos de la planta de cacao, que es muy escasa y dado su color y valor, son utilizados como moneda de cambio en los Siete Reinos de Hérbatra.

Cadena de voluntades. Ceremonia que efectúan los Amantes, o quienes se preparan para serlo, que consiste en formar un círculo tomándose de las manos, a veces después de ingerir vientres de escarabajo, según sea el propósito, y abrir su mente al vacío para concentrar su energía vital en algo o alguien en específico. Se usa como última alternativa.

Cámara del gran pez. En la edad antigua los reinos fundaron y edificaron sus ciudades sobre los esqueletos de gigantescos animales marinos. Los huesos más fuertes y grandes les sirvieron de cimientos, trabes y columnas, por lo que era común la existencia de cámaras subterráneas. La Cámara del gran pez era una de ellas, pero de carácter secreto y que sólo podía ser abierta por el rey de los guerreros; su fin era albergar los utensilios que provocaban las formas más refinadas y extremas de dolor.

Cascara seca. Forma coloquial para nombrar a un herbo viejo.

Ciclos lunares. Tiempo que tarda cada una de las siete lunas regentes en surcar el cielo durante un periodo de veintiocho noches. El orden de aparición de las lunas regentes es: Blanca, Azul, Escarlata, Amarilla, Ocre, Gris y Negra. Esta secuencia se repite durante dos periodos, entonces aparece la Luna Púrpura, entre la última noche del segundo trayecto de la Luna Negra y el primero, de la Blanca.

Corazón-semilla. Órgano del cuerpo hérbico que, además de cumplir la función biológica de irrigar savia, alberga el alma de los herbos.

Dazh. Sustancia mística que emana de las raíces del Gran Árbol. Su principal característica es la de alejar los sueños malditos al ser bebida, sin embargo, dada sus bondades, se le puede dar diversos usos, las ciencias dázhicas dan cuenta de ellos.

Droda. Unidad de medida equivalente a una hora, derivada del periodo que tarda en cambiar de color un rayo de tiempo.

Edrenio. Periodo de mil lunios (años).

Edros. Equivalente a los siglos humanos.

El llamado. Sensación de arrobamiento y certidumbre espiritual que impulsa a los herbos a cruzar el Puente del Abandono y unirse al Gran Sabio, *Viviremos en Él*.

Eruditos de las lunas. Amantes especializados en estudiar todos los tipos de sueños que los herbos presentan y sus implicaciones en sus vidas desde que comenzó la Maldición ancestral. Sus registros se concentran en un área de la insectoteca del Templo Raíz conocida como la Sala de los pliegos de alas negras.

Escarabajista. Herbo cuyo oficio consiste en dar de comer a los escarabajos las dosis exactas de hierbas que han sido expuestas o no a los rayos de las lunas, Dazh y cualquier otro ingrediente, ya sea por órdenes de los Amantes, sanadoras, hechiceras y soldados, o con el fin de venderlos o intercambiarlos por otros con vientres más abultados con sustancias peligrosas o dañinas, con sustancias de efecto prolongado o que inducen trances elevados o prohibidos. Su oficio también incluye cazarlos y criar a las larvas. Un escarabajo mal alimentado puede generar vientres que provoquen la muerte a quien lo ingiere.

Escarabajo-Evall. Insectos-insignia que les son entregados a los Aprendices, es decir, a aquellos herbos que se preparan para ser Amantes o para cruzar el Puente del Abandono habiendo obtenido *el llamado*. Desde que les es asignado uno en forma de larva, tienen la obligación de alimentarlo, exponerlo a los mejores rayos de las lunas y cuidar de él. Este trabajo busca que los Aprendices desarrollen la cualidad de la responsabilidad, la empatía y la afinidad al cuidar a un ser muy pequeño, pero cuyo vientre puede ayudarlos a realizar grandes proezas. Estos insectos pueden albergar la vibración de las palabras y sonidos en sus vientres, con lo cual pueden transmitir instrucciones al Templo Raíz para crear espacios y cámaras propios del grado y trabajo de sus Amantes. La costumbre dicta que el escarabajo-Evall debe ser portado por los Amantes de alto rango en la coronilla de la cabeza como señal de fidelidad al habitante del Gran Árbol, pues según narran los antiguos relatores, su aliento desciende desde la copa del Gran Árbol hasta el Puente del Abandono y, más abajo, hasta las Bestias del Abismo para bañarlas con su rocío. Su presencia estimula el desempeño de la mente y abre el corazón-semilla a los misterios del alma.

ESTUDIOSO(A) DE LAS LUNAS. Alcanzan este grado quienes se dedican de manera constante al estudio de alguna luna en lo particular y de sus artes. Por lo general, lo obtienen los Amantes, pero hay casos excepcionales en los que lo alcanzan herbos que no tienen votos.

GRAN ÁRBOL. Árbol gigantesco e impenetrable en el que habita el Gran Sabio, *Viviremos en Él*. La única manera de acceder a él es atravesando el Puente del Abandono. Se cree que sólo quienes realmente han obtenido *el llamado* pueden cruzarlo.

HABITALIZACIÓN. Técnica basada en sonidos musicales que emplean los herbos para estimular a cualquier planta o grupo de plantas para generar estructuras, espacios y decoración con el fin de ser habitados por herbos. Los habitalizadores son quienes ejercen este oficio.

ILAH. Nombre que en el antiguo idioma Merishá (de los guerreros y los sabios) significa "Deuda de amor". Por lo general se refiere a los wodras que dejan los herbos que se aman al morir.

INSECTOS-ARMA. Insectos criados y entrenados para fungir como armas. Según sus naturalezas son usados como flechas, dagas, escudos, entre otros.

INSECTOTECA. Espacio en el que los herbos reúnen diversos insectos-libro destinados a su lectura. Los más comunes son las mariposas y las libélulas papiro, pero puede haber polillas y moscas.

LA GRAN NOCHE DE LOS RELATOS. Festival que se efectúa en el valle de Necta en la primera fase de cada luna. Se ofrece comida, bebida. Nuevos relatores hacen su aparición junto a los más famosos llevando sus mejores historias.

LOCOS DE LAS LUNAS. Nombre que reciben los herbos que han recibido un rayo negativo de la Luna Ocre, conocido con el nombre de Rayo del ermitaño, que trastoca la mente produciendo inadaptabilidad social, aislamiento y olvido. Este tipo de locura raya en la genialidad y no tiene cura.

LUNA EDRENARIA. Tipo de luna que tarda más de un edrenio (milenio) en completar su ciclo y aparecer en los cielos. Ningún estudioso de las lunas ha logrado calcular el tiempo exacto de su siguiente aparición.

Lunas fritas. Término utilizado para expresar que se está en serios problemas.

Lunio. Unidad de medida del tiempo correspondiente a dos ciclos consecutivos de las siete lunas regentes o una de la Púrpura.

Maldición ancestral. El origen de la también llamada Maldición milenaria se remonta a la guerra que confrontó al reino guerrero contra el sabio de la antigua edad. Desde entonces, se manifiesta en la vida de los herbos a través de los sueños malditos y raras enfermedades o padecimientos provocados por los rayos de las lunas.

Mariposa-papiro. Tipo de mariposa de segunda naturaleza papiro cuyas alas sirven para escribir tratados, acuerdos o mensajes que se envían hacia lugares remotos.

Morador del Gran Árbol. Nombre con el que se le conoce al Gran Sabio, *Viviremos en Él*, y cuya forma se desconoce.

Palabra maestra. Palabra revelada en sueños al rey del pueblo de los sabios que al ser pronunciada de manera adecuada desencadena una vibración capaz de neutralizar el resplandor tóxico y destructivo de la Luna Edrenaria o Luna Roja, con lo cual se podría salvar la vida de los reinos antiguos.

Playas Olas Altas. Playas ubicadas al sureste de Hérbatra, en la provincia de Zewa, conocida no sólo por su arena blanca y alto oleaje, sino por albergar animales de naturalezas rara vez vistas, como el sapo-cactus.

Pliegos de alas negras. Colección de libros-libélula en los que se tiene el registro y la clasificación de los males provocados por los sueños a lo largo de la historia de Hérbatra. Los Amantes encargados de la sala los consultan para buscar curas a males en los que las tradicionales mezclas de Dazh tienen poco efecto.

Pocaluna. Herbos débiles de carácter o tontos, incluso, locos. Se dice de los herbos que recibieron poca o nula influencia de los rayos benéficos de la luna bajo la que nacieron.

Puente del Abandono. Plataforma de piedra y de tamaño estrecho rodeado de niebla que conduce al Gran Árbol, y que solo transita quien ha recibido *el llamado*. Bajo éste se encuentra el Abismo de las Bestias.

Rayo Ermitaño. Nombre del rayo producido por la Luna Ocre que tiene un carácter negativo en los herbos que lo reciben. Sus efectos hacen que los sujetos no deseen y quieran salir de un lugar en cuestión, en casos extremos tal aislamiento puede producir la muerte por inanición.

Rayos de la otra realidad. Rayo negativo que despide la Luna Ocre. Aquellos que se han expuesto a este tipo de rayos se sienten inadaptados, como si estuvieran en otra realidad o mundo; no pueden reconocer lo que los rodea, por lo que pierden la cordura. Son vistos por los demás como locos de lunas.

Savia roja. Expresión equivalente a la sangre que alude a la segunda naturaleza de los herbos o de los animales.

Segunda naturaleza. Parte vegetal que brota principalmente de la cabeza de los herbos y que puede ser en forma de flores, de pétalos, raíces, tallos, ramas, espinas u hojas.

Sin Rostro. Otra forma de nombrar a los Amantes ciegos. Los Sin Rostro cultivan la visión espiritual de las cosas y quedan ciegos de su vista terrena. Conforme avanzan en su consagración desarrollan alas para volar hacia las hojas y raíces del Gran Árbol. Finalmente se quedan inmersos en un interminable trance del que es muy peligroso despertarlos ya que emitirían un sonido capaz de matar a un herbo. Entre sus funciones se encuentra la de recolectar la savia roja que todos los herbos le ofrendan al Habitante del Gran Árbol por el Dazh recibido de sus raíces.

Sueño maldito. Tortuosas visiones que le recuerdan a los herbos sus peores miedos y les causan otras formas de dolor. Se presentan siempre, pero con mayor frecuencia durante un ciclo completo de luna. Es uno de los dos grandes males derivados de la Maldición ancestral y que aparece al llegar la adolescencia.

Templo Raíz. Es el centro ceremonial más importante de las Siete Tierras de Hérbatra. Está ubicado al pie del Gran Árbol, en la ciudad de Getra.

Vientre de escarabajo. Parte comestible de los escarabajos que se desprende una vez llena de extractos de plantas que por lo general están expuestas a los rayos de las lunas. Dependiendo de su contenido, su ingesta puede provocar estados alterados de conciencia, abrir puertas a otras esferas de la existencia o causar efectos misteriosos.

Vientre de la disolución. Vientre de escarabajo con los ingredientes exactos para detener el corazón-semilla de cualquier ser. Su elaboración está prohibida ya que se podría dar mal uso del mismo. Sólo los Amantes y escarabajistas más diestros pueden prepararlo y darlo a tragar.

Wodra. Palabra en lengua antigua (del pueblo de los guerreros y los sabios) que refiere a la ley de las repercusiones de los actos. Cuando alguien extrae el corazón-semilla de su elegido o no, tiene que repetir *wodra* tres veces y decir su nombre, con ello reconoce que su acto tiene una consecuencia.

Xaih. Nombre que proviene del idioma de los antiguos reinos (guerrero y sabio) que significa "El amor lo cura todo" y que era utilizado por los sanadores iniciados en los misterios cuando tenían dificultades para curar algún mal. Su uso en el mundo hérbico ha decaído hasta casi olvidar la palabra.

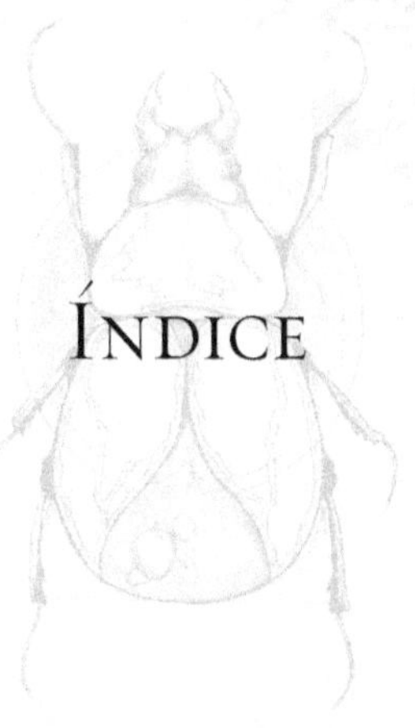

Índice

Palabras del autor, *9*

Deudas de amor, *12*

Una luz en el camino, *26*

Una historia se cocina: Moud el aprendiz de cocinero, *40*

Males de sueños, *50*

Lazos milenarios, *70*

Una noche en llamas, *84*

El camino sin palabras, *94*

Bajo el acecho de la Luna Destructora, *108*

Un atisbo de esperanza, *118*

Los restos de la batalla, *128*

Epílogo
El vuelo de la libélula, *134*

Glosario, *141*

La maldición ancestral. Deudas de amor
Se terminó de imprimir en noviembre de 2018
bajo la supervisión de Umbral Editorial, S. A. de C. V.
Privada Porfirio Díaz Nº 15 Col. El Mante,
C. P. 45235. Zapopan, Jalisco, México
www.umbral.com.mx
Teléfonos: (01 33) 3133 3053 y 3133 3059

www.leyendasdequidea.com